1838 साई युगारंभ

यहीं से एक नये युग की, एक सफ़र की शुरुआत होती है।
और एक प्यारा सा नाम जो मन को शांति दे...।
आँखें बंद कर ले तो दिल में बस जाए...।
दुनिया के शोर में भी जिसका नाम कानों में मिश्री घोल दे।
और कहीं थोड़ी सी आहट होती है कि
कहीं वह हमारे आसपास है।
तो दिल का कोना–कोना बेचैन हो जाता है
उसकी एक झलक पाने के लिए...।
वहीं है हर दिल अजीज़, दिल के मंदिर में बैठे ''साई साहेब''।
जिनकी नज़रें इनायत की ख़बर किसको नहीं है...?
और यही सोचकर सजदा करता हूँ कि,
कहीं उनको मेरी नज़र ना लगे...।

''अवतरण को युगारंभ कहने लगे,
जिनके चरणों से गंगा–जमुना बहने लगे।
वह जिस पर नज़रें इनायत करने लगे,
उनके तो सूरज भी पश्चिम से निकलने लगे।''

DON'T STOP THE WAY

साई सफ़र

DON'T STOP THE WAY

साईं सफ़र

लेखक एवं संपादक

सतीश मोदी

KALPAZ

DON'T STOP THE WAY

साई सफ़र

ISBN: 978-93-8022-268-4

मूल्य: 90/-

भारत में सन् 2015 में प्रकाशित

कल्पाज़ पब्लिकेशन्स,

सी–30, सत्यवती नगर,

दिल्ली–110 052

Phone: 9212142040

ई–मेल: kalpaz@hotmail.com

टंकण: राजेन्द्र वशिष्ट, दिल्ली

मुद्रित: जी. प्रिंट प्रोसेस, दिल्ली

आवरण पृष्ठ: ध्वनि, रूकमणी राठौर, मुकेश नागर

अनुक्रमणिका

सर्वे भवन्तु सुखिनः, सर्वे सन्तु निरामयाः।
सर्वे भद्राणि पश्यन्तु, मा कश्चित् दुःख भाग भवेत्।।

प्राक्कथन

शत् शत् नमन है तुम्हें साईबाबा...।

मैं कैसे साई साहेब का शुक्रिया अदा करूं, जिन्होंने मेरे हाथों में काग़ज, कलम देकर स्वयं इस पुस्तक की रचना की। क्योंकि न तो पहले मुझे कुछ इस प्रकार लिखने का अनुभव रहा है और न ही कोई सुनियोजित योजना थी। कहते हैं न कि, ''मैं शायर तो नहीं, मगर...''।

यह रास्ता है ही ऐसा। किसी को भी प्यार हो सकता है। और इस रास्ते पर सभी आए भी हैं। एवं उनमें काफी हद तक सकारात्मक परिवर्तन भी देखे हैं। जिस रास्ते पर सभी मिल जाएं, जुड़ जाएं, एक हो जाएं वह साई से जुदा क्या हो सकता है और नाम साई सफ़र से उपयुक्त कुछ भी नहीं। यही कारण है कि मैं कभी भी साई सफ़र को एक लाईन में परिभाषित नहीं कर पाया।

पहले उन्हें प्रणाम, जिन्होंने मुझे बार–बार चलने के लिए प्रेरित किया। अपनी साधना के पथ पर मुझे बार–बार मार्ग बताया। पिता श्री जगदीशचन्द्र मोदी एवं माता श्रीमती सुमित्रादेवी, जिन्होंने बचपन में ही ईश्वर की सत्ता का बोध कराया। मेरे भाई साहब डॉ. जीवन मोदी, डॉ. राजेश माहेश्वरी एवं ओमप्रकाश मोदी ने मुझमें साई भक्ति का दीप

प्रज्ज्वलित किया। मेरी पत्नी श्वेता और बेटा साईश, जो मेरी साधना में हमेशा मेरे साथ रहे, एवं मेरे परिवार जिनके संस्कारों ने एक पौधे को वृक्ष का रूप दिया। मेरे परम मित्रों में जिनकी फेहरिस्त लंबी है, जिन्होंने बाबा के प्रचार (साईभक्ति–...।) में हमेशा नींव बनने की होड़ बनी रहती। मशहूर गायक मनहर उधास जिनके एलबम 'साई सफ़र' से मुझे इस पथ की प्रेरणा मिली तथा साई सागर मंदिर हमारा प्राण केन्द्र हैं जहाँ से हमारी यात्रा शुरू होती है।

प्रस्तुत पुस्तक यात्रा एवं साईभक्ति–राष्ट्रशक्ति पर आधारित है, और ये यात्रा केवल हमारी नहीं है आपकी भी है। उन असंख्य साईभक्तों की है जो बाबा के बताए मार्ग पर चल रहे हैं। उनका सन्देश फैला रहे हैं। **बाबा के जीवन, भक्तों के अनुभव, चमत्कारों पर पहले से ही कई उत्तम साहित्य उपलब्ध है। इस पुस्तक में न तो चमत्कार है, न ही भक्तों के अनुभव, न ही हमारी आपबीती। अपितु साई के साथ धर्म, समाज और राष्ट्र के समन्वय की छोटी सी कोशिश की गई है।**

आशा है अपनी साधना के पथ पर आप लोगों का ''आशीष'' और स्नेह बना रहेगा। आइए भक्ति के साथ थोड़ी साधना कर लेते हैं।

धन्यवाद,

सतीश मोदी

''आशीष''

चला जा रहा है किस सफ़र पे पता नहीं....।
अनजान रास्ते, अनजान लोग,
अजनबी दुनिया, अजनबी मंजिल।

कुछ मिले भी तो खुद के वास्ते,
कुछ मिले भी इस संसार सफ़र में, किस लिए?
और कब तक साथ देंगे?

ठोकर लगी जब पथरीली राहों पर,
पैर जलने लगे जब अग्निपथ पर,
आँखों से आँसू बहने लगे, और दिल से आह निकली।
साई ने थाम लिए अपने हाथों में,

और कहा,–
''ये आँसू नहीं, मोती हैं। चाहे सारे रास्ते ख़त्म हो जाए।
कहीं मोड़ पर सब मुड़ जाए, संसार यात्रा ख़त्म हो जाए।
मैं कभी किसी का साथ नहीं छोड़ता।
जन्म–जन्मांतर तक मैं उसका हमसफ़र हूँ।
मुझको अपना हमसफ़र बना लें।
ख़ुद को कर मेरे हवाले.....''।

1
सफ़र

यात्राऐं जीवन में और समाज में बदलाव लाती हैं। ''कैसे''? एक नज़र डालिए यात्राओं पर। बड़े–बड़े संतों की यात्राऐं, महापुरुषों की यात्राऐं, भगवान राम की वनवास यात्रा, श्रीकृष्ण की यात्रा जो उनके जन्म लेते ही मथुरा की काल कोठरी से ब्रज के बचपन तक, हस्तिनापुर की नीति और कुरूक्षेत्र के रण तक जारी रही। यह सभी यात्राऐं सामाजिक जीवन में बदलाव का बड़ा कारण रही। आदि पीठ शंकराचार्य ने पूरे भारतवर्ष में यात्रा कर चार मठाधीश स्थापित किए। जितने भी संत महात्मा हुए, सबने यात्राऐं की। **''किसी का कुछ उद्देश्य था तो किसी की यात्रा के बाद जीवन उद्देश्य बन गया।''**

राजनीति या सामाजिक क्षेत्र में देखा जाए तो याद कीजिए गाँधीजी की दक्षिण अफ्रीका की यात्रा, स्वामी विवेकानंद की पश्चिमी देशों की यात्रा, या सुभाषचन्द्र बोस की जर्मनी या जापान की यात्रा। जिन्होंने भारत में आज़ादी की नींव को मज़बूत किया। जो हम किसी इतिहास या अपनी पौराणिक संस्कृति को समझ सकते हैं वह किसी न किसी घुमंतु प्रकृति के व्यक्ति के लिखे लेख हैं जो आज हमारी

धरोहर बन गये। हमारें गौरवशाली इतिहास के पन्ने उन्हीं के लिखे दस्तावेज हैं।

साईबाबा के युगारंभ को "साई सफ़र" कहा गया, कि यहीं से "साई के युगचिंतन विचार की यात्रा" शुरू होती है। लेकिन साईबाबा ने अपने जीवन में कभी कोई यात्रा नहीं की। वह शिरडी के पास के दो गाँवों की चार मील सीमा से आगे कभी नहीं गये। लेकिन अपने भक्तों को ज़रूर सीमा का पाठ पढ़ाया। उन्होंने अपना संपूर्ण जीवन एक टूटी–फूटी मस्जिद में बिताया। **शून्य में रहते, शून्य में देखते, थे भी विचार शून्य। लेकिन उनकी "विचार क्रांति यात्रा" शुरू हो चुकी थी।**

उन्होंने सारे धर्मों का एक सार दिया, "सबका मालिक एक", और उसी मस्जिद में सबको उसका अनुभव भी कराया।

इससे पहले गुरुनानक भी हुए और कबीर भी, जिन्होंने हिंदू–मुस्लिम एकता को सुदृढ़ किया। दोनों को साथ रहने का संदेश दिया। **एक रास्ता दिखाया जो उस तक जाता है। जहाँ सभी मिल जाते हैं, हिंदू–मुस्लिम, सिख–ईसाई। वहाँ न ऊँच–नीच, न भेदभाव।**

सूरज, चाँद और पृथ्वी। यह भी तो किसी के लिए चल रहे हैं। किसके लिए ? प्रकृति के संतुलन के लिए, किसी के जीवन के लिए, विश्व के लिए **क्योंकि यात्राऐं अपने लिए नहीं होती**। यह सब बिना भेदभाव प्रकृति के नियमों का पालन भी करते हैं, और उसी तरह अपनी ऊर्जा और प्यार भी लुटाते हैं। वह भी बिना भेदभाव। क्यों न हम भी एक दूसरे से उन रास्तों की तरह जुड़ जाएं, जिस पर चलने वाले को वह रास्ता कभी न कभी अपनी मंज़िल पर पहुँचा देता है। **वैसे भी साथ चलने वाले राही से ज़्यादा हमें रास्तों से प्यार करना चाहिए, क्योंकि राही तो साथ छोड़कर भी जा सकते हैं, लेकिन हमें रास्ता वहीं मिलेगा, जहाँ हम उसे छोड़कर गये थे।**

जो 'अस्थिर' है उन्होंने जीवन बदले, युग परिवर्तन की नींव रखी, क्रांति की शुरुआत की। यात्राऐं आभास है होने वाले नये परिवर्तन की, और आने वाली पीढ़ी की विरासत है यात्राऐं। जिस किसी ने युग बदला, क्रांति की शुरुआत की, वह कभी 'स्थिर' नहीं रहा। सिवा साई के। फिर भी युगारंभ ''साई सफ़र...''?

2
साई सफ़र
(कर्म, विचार, यात्रा)

यह न कोई सामाजिक, राजनैतिक या धार्मिक संगठन है और न कोई व्यक्तिगत परिभाषा। एक चलता–फिरता विचार है। जो आपका हो सकता है। हमारा है, और हमारे जीवन में शामिल, **हमारी अंतरात्मा में विराजित परमात्मा जिसे हम साई कहते हैं, उनके भक्ति पथ की एक विचार यात्रा है।** बिना साई के संसार यात्रा अधूरी है। फिर जो हमारी ज़िंदगी के पल–पल में शामिल हैं तो उनके बिना अस्तित्व की कल्पना कैसे की जा सकती है।

साईबाबा का अवतरण, उपदेश, साई का स्वप्न संसार, साई का तत्व ज्ञान, उनकी लीलाऐं, सर्वधर्म समभाव, एकता, शांति और चमत्कार, साई भक्ति–राष्ट्र शक्ति सब कुछ साई सफ़र है। **और वैसे भी साई सफ़र और भारत यात्रा अलग नहीं है, एक ही है। एक मन के अंदर चलती है, दूसरी देश के अंदर। दोनों का काम है जोड़ना। अंदर की यात्रा का आत्मा को परमात्मा से जोड़ना, और बाहर की यात्रा का देश को देश से जोड़ना। यह हमारे**

लिए एक साधना भी है। जो आज के युग में साई बाबा के उपदेश, उनकी लीलायें, मानवता से प्रेम, हर जीवात्मा से एकात्मा और भाईचारा के संदेशों को जन–जन तक पहुँचाने हेतु प्रयासरत है। आज के दौर में यह बेहद ज़रूरी भी है, क्योंकि हर जगह जातिवाद, क्षेत्रवाद, भाषावाद, नफ़रत, कट्टरता और अवसाद बढ़ता जा रहा है।

इसमें एक पात्र जो 'डॉ. डैथ' का है वह केवल एक कल्पना नहीं, बल्कि एक हक़ीक़त की ओर इशारा कर रहा है। आज जो अवसाद बढ़ता जा रहा है और यह 'डॉ. डैथ' का पात्र बाहर नहीं अपने मन के अंदर है, जो कुछ सहन नहीं कर सकता। सब कुछ जल्दी पा लेना चाहता हैं, समय से पहले। यह कभी नहीं सोचता कि, **''आज की जो प्राथमिकता है आठ दिन बाद या कुछ दिन बाद बदल जाएगी, कि मै यह कदम न उठाऊं।''** इस तरह के कई पड़ाव मैंने पार किये हैं। न यह पहला है ना यह आख़िरी, फिर मैं अपना 'डॉ. डैथ' क्यों बनूं ? अपनी लाइफ के खुद 'डॉ. लाइफ' बनिये।

आजकल बहुत कुछ बचाने का अभियान चल रहा है। सब बचाने में लगे हैं, बचाना भी चाहिए। यदि एक चीज़ बचा ली जाए तो इसके आगे भी बहुत कुछ बच सकता है। हमें 'नैतिकता' बचा लेनी चाहिए। फिर सब स्वतः ही बच जाएगा। यह व्यक्ति से कभी अलग न होने पाए। इन सबके लिए बाबा के दो शब्द श्रद्धा–सबूरी को प्रचारित करने की ज़रूरत है। उनका संदेश 'सबका मालिक एक' को अनुभव कराने की जरूरत है। लेकिन अपनी दोनों आँखें खुली और कान खड़े करके, क्योंकि आजकल कुछ जगह धर्म के नाम पर भी आडम्बर हो रहा है। सभी धर्म तो एक दूसरे को जोड़ना सिखाते हैं, लेकिन उनके अनुयायी वह काम नहीं करते। **कहीं–कहीं तो ऐसा भी होता है कि ख़ुद को आगे बढ़ाने की होड़ में दूसरों की लाइन काट दी जाती है। लेकिन साई सफ़र वह मार्ग है जहाँ आगे बढ़ने के लिए**

कोई प्रपंच नहीं। बाबा की मस्जिद जो सर्वधर्म का प्रतीक बनी हुई है जहाँ सारे धर्म आकर खुद को एक ही रंग में रंगा हुआ पाते हैं। जहाँ जाति और भाषा का भेद नहीं रहता। **जिस रास्ते पर चलते हुए 'तेरा–मेरा' के बाद 'हम सबकी मंजिल एक' का नारा बुलंद होता है। क्यों न उन लोगों को भी साक्षात्कार कराया जाए जो भटके हुए हैं, जो अलग–अलग रास्तों पर जा रहे हैं, लेकिन अभी तक मंज़िल तक नहीं पहुँच पाये हैं।**

हमें कोई सद्विचार मिल जाए तो हमारा कर्त्तव्य यही होता है कि हम वह दूसरों को भी बताए, लेकिन चलते हुए, आगे बढ़ते हुए न कि 'कोल्हू की पटरी' पर बैठकर। एक साधक तो इस मार्ग पर चलते हुए 'कोल्हू की पटरी' पर जा बैठा, फिर साई ने उसे सपने में आकर कहा,–''तुम अश्वराज हो। कोल्हू की पटरी पर न बैठो। देखों आगे कौन है?''

इसी मार्ग पर चलते हुए एक साधक ने अपना अनुभव सुनाया कि, प्लेटफार्म पर बैठे लोग तरह–तरह की बातें करते हैं। यहाँ तक कहते हैं कि, ''यह सब आपको करने के लिए किसने कहा, क्या आपको इसके लिए भी पैसे मिलते हैं?'' **किसी ने सागर के सागर उड़ेल दिये, तो कोई बैशाख की कड़ी धूप में भी दो घूँट पानी पिलाने से पहले सोचता रहा कि ''मुझे इससे क्या लाभ हो सकता है''?**

कभी किसी ने नहीं सोचा कि जब साई, राम के अवतार हैं तो उनका निवास एक मस्जिद क्यों है? उनका नाम S.A.I. क्यों है? सारी ज़िंदगी भिक्षा उपार्जन क्यों किया? उस ईंट को अपने सिरहाने क्यों लगाया जो पंढरपुर के विट्ठल के पैरों की आधार है? मस्जिद में आरती हो रही है और मंदिर में चादर चढ़ रही है? और न जाने

कितने सवाल जो हमारे ज़ेहन में ही दब कर रह जाते हैं, उन सबका जवाब सिर्फ़ साई के पास ही मिलेगा।

साई को आने वाले वक्त का ज्ञान था, कि देश में हिंदू–मुस्लिम और ईसाइयों में वैमनस्यता बढ़ेगी। इतनी विविध भाषाओं और जाति की जंजीरों में जकड़ा यह देश इतनी आसानी से मुक्त नहीं हो सकता। उन्हें सर्वधर्म, मालिक एक का अनुभव कराने के लिए मस्जिद में लीलाएं रचाने लगे। साई जो कि रामकृष्ण के अवतार है, निवास बनाया मस्जिद को। नाम दिया द्वारकामाई, जो कि श्रीकृष्ण का निवास स्थान है। नाम भाया साई, क्योंकि साई–साई रटने से ईसा और साई दोनों मिल जाते हैं,–

''नाम उलट के देख ले, दोनों ही है एक।
ईसा में साई बसे, ईसा साई नेक।।*

और यही साई सारे देश को जोड़ना चाहते थे। (भारतवर्ष के संविधान में देश का नाम S.A.I. है)

इतने राज हैं जो उसने हमारे सामने खोले हैं। वह क्यों हमारे सामने अपना संपूर्ण स्वरूप प्रकट कर रहा है। मिल तो उन्हें भी जाता है, जो शिरडी नहीं जाते, जो उस तक नहीं पहुँचे। लेकिन क्या कारण है कि उसने हमारी झोली को बड़ी करने को कहा? क्यों हमें अपनी सीमा से आगे माँगने को कहा? उसने आगे वह क्यों दिखाना चाहा जिसके आगे हमारी आँखें देखना बंद कर देती हैं? हमें जो उसने विचार दिये हैं क्या वो भी साथ शरीर के चले जाए? ''नहीं। **यह बात हम बार–बार दोहराते हैं कि यह मार्ग हमारी साधना है और हम इसके साधक हैं।** जब वह साथ हैं तो क्यों न उसके मार्ग पर हम सब साथ चले। उसका संदेशा फैलाएं। प्रेम, भाईचारा बढ़ाये। **साई भक्ति–राष्ट्र शक्ति** का प्रचार करें। लेकिन क्यों ?

---

* सा.स. दोहावली

क्योंकि किसी **शायर ने कहा है कि,–**

जिधर जाते हैं सब, उधर जाना हमें अच्छा नहीं लगता
हमें बेमेल रास्तों का सफ़र अच्छा नहीं लगता,
ग़लत बातों को खामोशी से सुनना, हामी भर लेना,
बहुत हैं फ़ायदे इसमें।।
मगर अच्छा नहीं लगता।
मुबारक हो तुम्हे राह फूलों की, (सा.:–''लावा'')
हमें बिन साई के सफ़र अच्छा नहीं लगता।

अंधेरी रात में, अनंत आकाश में तारों के
बीच जो चाँद जैसा है...।
तपती दोपहरी में जिसकी याद ठंडी छाया
की तरह है....।
मैले सरोवर में भी जो कमल की तरह
लहरा रहा है...।

किसी ने चाँद कहा, किसी ने सूरज,
कोई कहता वह मेरा बागबां है...।
जहाँ दुनिया के सारे रिश्ते पीछे छूट जाते हैं,
वहाँ से उसकी शुरुआत होती है।
जिस रास्ते पर चलते हुए सब रूक जाते हैं,
वहाँ से उसकी दौड़ शुरू होती है।

जो धूप में छाया, रात में साया और संसार में माया
की तरह मेरे साथ रहता है।
जो हर जगह, हर समय मेरे
साथ चलता है...।
लेकिन मैं उसको नाम क्या दूं...???
.......?
.......?
.......?

यक़ीनन वो मेरा 'साई सफ़र' है।

3
आत्मा की यात्रा

''आत्मा की यात्रा कौन से युग, काल, समय से है?'' ''पता नहीं। क्योंकि यह अमर है। जन्म–मृत्यु से कोई सरोकार नहीं, सिर्फ़ चलते जाना, एक शरीर को छोड़कर दूसरे शरीर में।'' ''उसकी यात्रा कभी थमेगी?'' ''नहीं, क्योंकि वह अनंत यात्रा पर है।''

बात समझ से परे है, व्यक्ति ठहर क्यों जाता है? और जहाँ ठहरता है, उसे अपना समझने लगता है। यही ठहराव व्यक्ति में लोभ, मोह और आसक्ति का कारण बनता है। **जैसे जल कहीं ठहरता है, तो उसे झील या तालाब बना लेता है। खुद को 'अक्षय' समझने लगता है लेकिन उसे नहीं पता, उसे वहाँ से भी भाप बनकर उड़ जाना है।**

हमें यह बात समझ क्यों नहीं आती, कि जीवन भी एक यात्रा है'। कुछ समय इस पड़ाव पर ठहर कर हमें आगे निकल जाना है। क्यों न एक दूसरे के सुख–दुख में सहभागी बने, और एक दूसरे में प्यार बांटे। **जब कभी जीवन यात्रा के बारे में जिज्ञासा बढ़ेगी, व्यक्ति अंतरात्मा में खोकर उस परमात्मा को खोजेगा। वही परमात्मा उसे वैराग्य और मोक्ष की राह दिखाएगा।**

इंसान सारी ज़िंदगी सुख और शांति की प्राप्ति के लिए निरंतर कार्य करता रहता है। उसका मूल उद्‌देश्य अपने परिवार का पोषण करते हुए सुखी जीवन व्यतीत करना होता है। लेकिन वह कभी तृप्त नहीं होता। ''वह कीर्ति पा जाऊं जो कभी नष्ट न हो, काया निरोग हो जाए।'' शांति के लिए भी सांसारिक चीजों का पीछा...। इन सबके लिए वह कर्म करता हुआ आत्म साक्षात्कार का गूढ़ रहस्य जान नहीं पाता और जिसको जान नहीं पाया तो साथ क्या ले जाएगा?

काया के साथ माया, मान–सम्मान, कीर्ति, कनक सभी यहीं रह जाते हैं। जीवन भर जिसके लिए किया वो भी अपना नहीं। यही शरीर। शुरुआत इसी से होती है। सवाल तो पेट का रहता है, लेकिन इंसान की आग पेट से शुरू होकर पश्चाताप पर ही बुझती है। वो उसके लिए सारी ज़िंदगी निकाल देता है, जो साथ नहीं जाता। साथ जाती है तो सिर्फ़ आत्मा। वही जो अमर है, शाश्वत है, और सत्य है। जो संसार यात्रा के बाद भी अपनी है, कोई उसके लिए, कुछ नहीं करता। तन करता है पेट के लिए, मन करता है मोह के लिए जिससे लगाव हो।

इंसान सारी ज़िंदगी लोभ, मोह के पीछे भागकर पथ भ्रष्ट इंद्रियों की पूर्ति करता रहता है, जिनकी पूर्ति कभी नहीं हो सकती। जो साथ में चली थी आत्मा, उसकी आवाज़ दुनिया की भागदौड़ में, आगे बढ़ने की होड़ में दब जाती है। कोई आत्मा की आवाज़ नहीं सुनता। लेकिन उसकी यात्रा जारी है। एक शरीर को त्याग कर आत्मा फिर नई यात्रा की शुरुआत करती है, और यही आत्मा फिर नवजीवन में प्रवेश करती है। नवजीवन के पूर्व जब पूछा जाता है कि, ''साथ क्या लाए?'' तो मिलते हैं ख़ाली हाथ।

हमें मानव जीवन मिला है अगला जन्म सुधारने के लिए। या अच्छे कर्म हुए तो इस आवागमन या जन्म–मरण से भी मुक्ति मिल जाएगी। **उसी प्रकार जैसे एक कैदी का चाल–चलन अच्छा रहता है तो उसे 'तयशुदा सज़ा' से पूर्व ही मुक्त कर दिया**

जाता है, और यदि 'उद्दंडता' की तो फिर नई धाराएं लगाकर काल कोठरी में डाल दिया जाता है। हम सब भी वही 'तयशुदा सज़ा' भुगत रहे हैं। लेकिन आगे का मार्ग या पड़ाव कैसा हो ? कभी विचार नहीं किया। हम इस पिंजरे में ही खुश हैं और वह सारे काम जो नीति और धर्म के विरूद्ध हैं, करते रहते हैं। **यह बिना सोचे कि ऊपरी अदालत में हमारा फैसला क्या होगा?**

आत्मा की तृप्ति के लिए कभी कुछ किया ही नहीं। जो साथ जा सकती थी, ईश्वर की भक्ति, प्रेम और सत्कर्म। तो सारी उमर अस्थायी सुखों की खोज में बिता दी। नवजीवन में नया शरीर मिलता है। नया मन। मन और आत्मा का मिलन। मन वहीं, संसार में आत्मा को भी पथभ्रष्ट करने में लगा रहता है। यहाँ जरूरत है विवेक की, जो मन को काबू कर आत्मा को उसके परमात्मा से मिलवा दे। और जब आत्मा का परमात्मा से मिलन हो जाता है तो मन में भी 'आत्माराम' आ विराजते हैं। फिर बार–बार जन्म नहीं लेना पड़ता। यही तो है 'आत्मा की यात्रा।'

कुछ भी कीजिए, पर कर्म संसार में रहते हुए 'आत्मा की यात्रा' पर अनवरत चलते रहें। जो हमारे सारे कर्म, उपभोग, बंधन, मुक्ति और जन्म–मरण का सार है।

साई सफ़रः–

ये तो आत्मा की है यात्रा

किसी आदमी का सफ़र नहीं...।

4
1838 साई युगारंभ

जो जन्म देता है उसे अपने बच्चों की भी चिंता रहती है। ईश्वर का रिश्ता हर युग में मानव ही नहीं, अपितु सारे जीव–जंतु के साथ युग–युग से चला आ रहा है। उसने कभी भी इंसान को पैदा करके अकेला नहीं छोड़ा। विश्व के कल्याण के लिए और उसे सुचारू रूप से चलाने के लिए उसने हर काल, हर युग में जन्म लिया। कभी त्रेता में राम बनकर, तो द्वापर युग में श्रीकृष्ण बनकर। कलयुग में पश्चिम ने जिसे ईसा के नाम से पुकारा, और उसी रूप में ईश्वर ने आधुनिक आस्था का दीपक जलाकर प्रेम, क्षमा और सेवा का संदेश दिया। या बुद्ध, जिनके साथ ही भारत ने **धर्म की नई परिभाषा गढ़ी, कि धर्म भी विशाल और असीमित भारतवर्ष का निर्माण कर सकता है**। और आज जिनका प्रकाश संपूर्ण दुनिया में फैल रहा है, वह है शिरडी के साईबाबा। **जन्म वर्ष यही लगभग 1838।**

यहीं से एक नये युग की, एक सफ़र की शुरुआत होती है।

और एक प्यारा सा नाम जो मन को शांति दे...।

आँखें बंद कर ले तो दिल में बस जाए...।

दुनिया के शोर में भी जिसका नाम कानों में मिश्री घोल दे।

और कहीं थोड़ी सी आहट होती है कि

कहीं वो हमारे आसपास है।

तो दिल का कोना–कोना बैचेन हो जाता है

उसकी एक झलक पाने के लिए...।

वही है हर दिल अजीज़, दिल के मंदिर में बैठे ''साई साहेब''।

जिनकी नज़रें इनायत की खबर किसको नहीं है...?

और यही सोचकर सज़दा करता हूँ कि,

कहीं उनको मेरी नज़र न लगे।

''अवतरण को युगारंभ कहने लगे,
जिनके चरणों से गंगा–जमुना बहने लगे।
वह जिस पे नज़रें इनायत करने लगे,
उनके तो सूरज भी पश्चिम से निकलने लगे।''

ईश्वर का अवतार अलग–अलग युग में अपने अलग–अलग क्रियाकलापों के लिए होता है। युग–युग में समस्या भी समय की स्थिति के अनुसार बदलती रहती है। रामयुग में राक्षसों का विनाश करने के लिए श्रीराम, तो कृष्णयुग में दुराचारियों का संहार करने के लिए श्रीकृष्ण इस धरती पर आए। जिन्होंने कर्मयोग पर जोर दिया, और वहीं से एक पवित्र ग्रंथ भगवद्गीता की शुरुआत हुई।

अब आया कलयुग। जब इंसान के लिए अपनी विलासिता की संपूर्ण सामग्री है। लेकिन कुछ नहीं है तो बस वही जो उसे ईश्वर से मिलवा दे, जो उसके अंतःकरण में बैठा है। जिसकी खोज में वह

'मृगमरीचिका' की तरह भटकता है। खुद के दिये हुए मजहबी नामों, मंदिर–मस्जिद या अन्य आस्था केन्द्रों पर। कलयुग में इंसान की सोच भी कलयुगी है। वह ईश्वर को भी मंदिर–मस्जिद की दीवारों में बांट देता है। लेकिन वहाँ भी उसे वह नहीं मिलता। इन्हीं भटके हुए को रास्ता दिखाने के लिए साई ने जन्म लिया। कहा तो जाता है कि साई का जन्म हुआ, 1838 में। लेकिन कोई स्पष्ट जानकारी नहीं है, तो उनके मानने वाले उन्हें ब्रह्मावतार ही मानते हैं। साईबाबा ने हमेशा कहा भी है कि, **''मैं यहाँ हज़ारों साल पहले भी था, आज भी हूँ, और तब भी रहूँगा, जब तुम नहीं रहोगे। मैं वहाँ भी हूँ, जहाँ तुम्हें दैहिक रूप से दिखाई नहीं देता। क्योंकि मुझे हर जगह, हर युग में तुम्हारी चिंता रहती है।' अगर मैं किसी हिंदु के यहाँ जन्म लेता हूँ तो तुम मुझे हिंदू समझोगे। कहीं मेरे माता पिता मुसलमान हुए तो मैं भी एक ही धर्म में सिमट कर रह जाऊंगा। चूंकि जाति और धर्म तो इंसान के जन्म के साथ ही समाज उसे दे देता है, जो नहीं दे सकता वह है प्यार। इंसान का इंसान के लिए, मानवता का मानवता के लिए, जो मैं देखना चाहता हूँ। इसलिए मेरे माता–पिता का कोई अलग धर्म नहीं है, न अलग नाम है। मैं भी उसी परम पिता की संतान हूँ जिसके तुम सब हो। और वही एक सबका मालिक है, जिसको हम और तुम अलग अलग नामों से पुकारते हैं। मेरा कोई पंथ नहीं। न मज़हब, न जाति।''**

यही है साई का प्रेम संदेश और यही है तत्व ज्ञान। उन्होंने कभी किसी को सामने बैठाकर उपदेश नहीं दिया। किसी को इशारों में समझाया, तो किसी को किस्से किवदंतियों या स्वप्न के द्वारा। कभी–कभी तो न वह बात करते, न भक्त कुछ कहता, और जब दोनों की नज़रें मिलती तो दोनों आनंदित हो जाते थे। (अगर अनन्य भक्ति है तो आज भी शिरडी में साई के दर्शन में यह आनंद परस्पर दोनों

तरफ़ होता है। श्रद्धा से नज़रें मिलाकर तो देखिये।) इसे गुरु की शिष्य के ऊपर कृपा दृष्टि बताई गई। और श्री साई सच्चरित्र में कछुवी का अपने बच्चों पर प्रेम का उदाहरण देकर गुरु शिष्य का प्रेम बताया, जो पतिव्रता नारी से भी कई गुना बढ़कर है। गुरु, सद्‌गुरु और जगतगुरु तो कई हुए एवं सबके अपने शिष्य भी थे, लेकिन बाबा के एक भी शिष्य नहीं थे। क्योंकि भक्त और शिष्य में अंतर होता है। ''और ईश्वर और भगवान में भी''। (''भेद करने वाले सब में भेद कर सकते हैं''।) शिष्य होते तो हमेशा सबको साथ रखते, लेकिन बाबा ने ऐसा नहीं किया। बाबा ने कहा,–**''तुम कहीं भी जाओ मैं तुम्हारे साथ हूँ, बस मुझे एक बार ह्रदय से याद कर लेना, मैं हाज़िर हो जाऊंगा।''** वह अपने भक्तों को अलग–अलग स्थानों पर भेजते, या वाड़े में। जो उनकी आध्यात्मिक उन्नति के लिए लाभदायक होता वही मार्ग बताते। किसी ने वाड़े का मतलब दिक्षितवाड़ा लगाया, जो कि भक्तों के ठहरने का स्थान है तो किसी ने अपने 'अंर्तमन' को वाड़ा समझा, जहाँ प्रभु का निवास स्थान है। ''अपने अंदर झांक कर देखो वहाँ प्रभु मिलेंगे''। यह भी सही है।

जैसे साई हुए वैसे उनके भक्त भी अनन्य हुए, जो उनके एक बार दर्शन करने के बाद सब कुछ छोड़कर शिरडी में ही रमने को आतुर रहते। बाबा का दर्शन करने के लिए देश के कोने–कोने से लोग आते थे। कोई घरबार छोड़कर तो कोई नौकरी छोड़कर। लेकिन बाबा ने कहा,–**''तुम्हें इस पथ पर चलने के लिए संसार त्यागने की जरूरत नहीं है। अपना सांसारिक जीवन जीते हुए अपने सामाजिक कर्तव्य करते रहो। सबसे बड़ा तप तो गृहस्थ आश्रम है।** अपना कर्म करते हुए हमें हमेशा आत्म साक्षात्कार के लिए निरंतर प्रयास करना चाहिए। घर त्याग कर जंगल में रहने वाले सन्यासी से ज्यादा महत्वपूर्ण गृहस्थ आश्रम में रहते हुए प्रभु की खोज में लगे रहने वाला ही ईश्वर की नज़र में ऊपर होता है। वह अपने कर्त्तव्यों की

जवाबदारी से मुँह नहीं मोड़ता और जिसे आत्म साक्षात्कार मिल भी गया तो जंगल में या गुफा में जाने की क्या ज़रूरत है? हमें कोई सद्वस्तु मिल जाए तो हमारा प्रयास यही रहना चाहिए कि वह सबके लिए सुलभ हो। वह मार्ग जो हमें ईश्वर तक ले जाता हैं, हमें सबको बताना चाहिए। **जितनी ऊपरी सतह पर बुराई नज़र आती है, उससे कहीं अधिक गहराई में अच्छाई होती है। जो सामने आना चाहिए। उसका प्रदर्शन होना चाहिए**। और हमें हमेशा जागरूक रहकर ईश्वर की खोज में लगे रहना चाहिए। हाँ, लेकिन लोगों को अपने सागर का रास्ता बताने के चक्कर में तुम 'कोल्हू की पटरी' पर मत बैठ जाना। हमेशा चलते रहो।"

बाबा के समकालीन जो भक्त हुए वह भी सब अनन्य थे। वह भक्त अगर उन्हें बाबा का रत्न कहें तो ग़लत नहीं होगा। जबकि **आज के समय साई की शिरडी में जो भीड़ लगती है वह सब अपनी–अपनी मांगों का पिटारा बाबा के सामने खोलते हैं। तथा हम भी यही सब माँगों की सूची लेकर फिर आने का वायदा करते हैं, और कहते हैं कि हम बार–बार शिरडी जाते है। यह बात हम सबके सामने ज्यादा दोहराते हैं कि हम बड़े भक्त हैं, और बार–बार शिरडी जाते हैं, दर्शन के लिए। (यह बात और है कि दर्शन हम बाबा के करते हैं, या वह हमारे? क्योंकि हमारा प्यार स्वार्थी हो सकता है, लेकिन साई का अपने बच्चों से हमेशा सच्चा प्यार रहा है।)**

उस समय के भक्तों में भी जो कुछ भक्तों की अलग–अलग विशेषता थी और बाबा ने सबको भिन्न–भिन्न कार्य सौंपते हुए उन्हें भी इस प्रकार अमर कर दिया। जब बाबा की बात होती है तो उनकी लीलाओं के साथ उनके भक्तों का वर्णन अवश्य होता है। शायद साई को भी उनके बिना शिरडी सूनी लगती है, तभी तो जो चहेते थे उनमें से कुछ की आज भी शिरडी में बाबा के आसपास समाधि है। और जो

भक्तों ने कार्य किये वह भक्त भी अमर हो गये। वह सभी इस जन्म–मरण के बंधन के चक्र से छुटकारा पा गये। **बाबा अगर फुलवारी है, तो उनके भक्त क्यारी की तरह हुए।**

बाबा ने हमेशा अपने भक्तों को माया के मोहपाश से दूर ही रखा। **जिन्हें वह आत्मदर्शन कराना चाहते थे उनको कभी मोह–माया के आसपास भी भटकने नहीं दिया। कहते थे कि, "मैंने तुम्हारे लिए कुछ और ही रखा है। यह सब सांसारिक चीजें तुम्हारे लिए नहीं है।"** यह बातें सबसे ज्यादा म्हालसापति के लिए सटीक बैठती हैं, जिन्होने बाबा को साई नाम से पुकारा, और वही नाम बाबा को स्वीकार्य हो गया। बाबा को शायद साई नाम इतना भाया कि म्हालसापति को कभी अपने से दूर नहीं होने दिया। वह सब भक्तों को तो बाहर घूमने या तीर्थ पर भी भेज देते थे, लेकिन म्हालसापति को दिन या रात हमेशा मस्जिद में अपने साथ रखते। लेकिन पूरे जीवन भर उन्हें रूपये पैसे से दूर ही रखा।

एक बार एक भक्त ने कहा कि,–"बाबा, मैं म्हालसापति को कुछ रूपये देना चाहता हूँ।" तब बाबा ने कहा,–"पूछ लो उससे, क्या वह उसे स्वीकार करेगा?" जब म्हालसापति से पूछा गया तो उन्होंने कहा,–"मुझे रूपये पैसे नहीं चाहिए, मुझे तो आप चाहिए। हर समय, हर जन्म में।" (सही भी है, जिसके पास अमूल्य हीरा या पारस मणि हो, उसे रूपये पैसे की क्या जरूरत है?) बाबा ने कहा,–"इसे रूपये पैसे नहीं चाहिए। यह तो "पागल" आदमी हैं"। **(आध्यात्मिक पथ पर अगर कोई आपको "पागल" कह दे, तो समझ लेना आपका प्रमोशन होने वाला है।)**

भक्ति के इस पथ पर बाबा ने जब भी म्हालसापति को आजमाया, वह इस पर खरे उतरे। जब एक बार बाबा ने अपने प्राण ब्रह्माण्ड में चढ़ा दिये थे। यह लगभग 1886 की बात है, तब उन्होंने म्हालसापति

से कहा था कि, ''मेरे शरीर की रक्षा करना। मैं तीन दिन बाद वापस शरीर में आ जाऊंगा। मुझे छोड़ कर मत जाना।'' उस वक़्त म्हालसापति के लड़के की स्थिति भी चिंताजनक थी। घर से भी उन्हें बार–बार बुलाया गया कि,– ''अपने लड़के को अंतिम बार देख लो।'' तब रिश्तों का मोह भी उन्हें हिला नहीं पाया। उन्हें बाबा के ऊपर विश्वास था, कि वह जरूर आएंगे। साई तो वापस आ गए, लेकिन उनके पुत्र ने उसी वक़्त अंतिम सांस ली। अंततः बाबा की कृपा से ठीक एक वर्ष पश्चात जन्माष्टमी के दिन उनके यहाँ फिर से एक पुत्र का जन्म हुआ।

इसी कड़ी में अगले भक्त शामा थे। शामा बाबा के साथ उसी प्रकार थे, जैसे कृष्ण के साथ अर्जुन, और शिव के साथ नंदी। **उनका भक्ति रूप मैत्री भाव का था, जो बाबा को एक मित्र के रूप में देखता, और उसी ''हक से अपनी ज़िद'' भी मनवा लेता था।** शामा गाँव के विद्यालय में पढ़ाते थे। इसलिए सब उन्हें शामागुरु कहते थे, लेकिन उन्हें पता नहीं था कि उनके सद्‌गुरु जो जगतगुरु हैं, उनके विद्यालय के पास में ही रहते हैं। वह उन्हें ''पागल'' फकीर समझते थे और छुप–छुप कर अपने विद्यालय से मस्जिद में झांका करते थे। यह उस समय की बात है जब बाबा को कुछ ही साल हुए होंगे शिरडी आए और शामा के कानों में उनकी कीर्ति नहीं पहुँची थी। जब शहर से कोई बड़े अधिकारी आए, और उन्होंने शामा से पूछा कि, ''वह महान संत कहाँ हैं, जो मस्जिद में निवास करते हैं, वह मेरे सद्‌गुरु हैं। मुझे उनसे मिलना है।'' शामा ने कहा, ''यहाँ कोई संत सद्‌गुरु नहीं है। यहाँ तो एक ''पागल'' फकीर है, जो मस्जिद में निवास करता है।''**(अब प्रमोशन की बारी बाबा की किर्ति की थी।**) जब शामा को अपनी ग़लती का एहसास हुआ, तब उन्होंने बाबा से क्षमा माँगी, और बाबा के शरणागत हो गए। उनकी भक्ति ऐसी थी कि जब वह नींद में सोते तब भी बाबा का नाम उनकी आती–जाती

सांसों के साथ स्पष्ट सुनाई देता था। वह कहते थे, ''साईनाथ महाराज–साईनाथ बाबा''। (ये एक बार हमें भी करके देखना चाहिए। हमें तो सिर्फ खर्राटे ही आएंगे। ऐसे भी जागते हुए भी हर कोई सो रहा है।) यह प्रत्यक्ष अनुभव वहाँ देखने वालों ने किया है। क्या नींद में सोते हुए भी ऐसा हो सकता है? लेकिन वह तो बाबा के साथ कई जन्मों से थे, और बाबा की उनके ऊपर विशेष कृपा थी। वे फिर एक–दूसरे को नींद में भी कैसे अलग कर सकते थे। वेदग्रंथ भी यही कहते हैं कि, यदि इंसान स्वप्न, जाग्रत या निंद्रावस्था में से किसी एक में भी प्रभु में लीन हो जाए तो भगवान को उनके घर अवश्य प्रकट होना पड़ता है और इन भक्तों ने तो इन तीनों अवस्थाओं को अपना लिया था, तो फिर साई उनसे और उनकी शिरडी से दूर कैसे जाते ? लेकिन बाबा को अपने भक्तों के ऊपर कृपा बरसाने में दूरी कभी आड़े नहीं आई। वैसे ही उन्हें अपने दूरस्थ भक्तों को अपने पास खींचना ऐसा लगता है, जैसे एक चिड़ियां को अपनी ओर खींचा जाता है, जिसके पैर में धागा बंधा हो।

एक भक्त हुए दासगणु, जो पुलिस की सरकारी नौकरी छोड़कर हरिदासों जैसे कीर्तन करते हुए घूमते रहते। इन्हीं दासगणु महाराज ने बाबा को बार–बार आजमाया। क्योंकि वह पुलिस के उच्च पद पर पदस्थ होना चाहते थे। **हर बार गलती करते और बाबा का नाम लेकर बच जाते।** बाबा भी हर बार माफ़ कर उन्हें अपनी ओर खींचना चाहते थे। क्योंकि दोनों को एक दूसरे की ज़रूरत थी। **जब बाबा की शरण आए तो 'अपना चोला' छोड़ चुके थे। अपना कुछ भी नहीं। सब अपने, और सब साई के।**

बापूसाहेब जोग जैसे लोग भी बाबा के अनन्य भक्त हुए, जो अपने सांसारिक मोह माया के त्याग को 'साईकृपा' मानते थे। तो कुछ ऐसे वकील साहब भी थे, जो वकालत करके आते और **उसी वकील के कोट में जाकर बाबा से कहते– ''क्या आपके लिए मैं भिक्षा माँग कर लाऊं।'' और यही कपड़े पहने वह भिक्षा पात्र**

लेकर निकल पड़ते। वकालत का कोट और हाथ में भिक्षा पात्र...? यह तो साई के प्रति दीवानगी थी, जो ''मन की सजावट में तन को भूल बैठे।''

भागों जी शिंदे जैसे भी हुए, जिन्होंने कभी बाबा से यह शिकायत नहीं की, कि–''आप जमाने को स्वास्थ्य प्रदान करते हो। अंधे को आँख और पंगु को पैर, तो मेरा यह कोढ़ दूर क्यों नहीं करते'' ? उनको साई का साथ मिला, सेवा का अवसर मिला, इससे ज्यादा और क्या मांगते?

यह तो उनके दीवाने भक्तों की शुरुआत भर थी। और देखिये, काका साहेब दीक्षित को, जो अपने पैर का लंगड़ापन दूर कराने आए थे, वह पैर की पंगुता भूल गए, आने का मकसद भी भूल गये। पैर से सिर पे जा पहुँचे। कहते हैं कि,–''मेरा मन पंगु है, आप इसकी पंगुता दूर करो। पैर से तो एक ही व्यक्ति की राह आसान होगी, और जब मन स्वच्छ होगा, तो यह कई लोगों को राह दिखाएगा और सब तेरे रास्ते पर चलेंगे।''

बाबा के कोई सगे–संबंधी नहीं थे। न रिश्तेदार, न माता–पिता। फिर भी वह किसी को माँ कहते थे, तो किसी को बहन। किसी को उसका पिता कह कर उसे बार–बार अपने वचन याद दिलाते कि, ''मैं तुम्हारा पिता हूँ। तुम्हारा रक्षक हूँ। तुम्हारा हमेशा उदर–पोषण करता रहूँगा।'' दूसरों के दर्द वह खुद पर ओढ़ लेते। उनकी बीमारियां अपने ऊपर ले लेते। जब उनका एक भक्त मेघा चला गया तो उन्होंने उसके लिए आँसु बहाए, क्योंकि उसका अपना सगा कोई नहीं था। बाबा ने यह बताने के लिए कि, ''**हम सुख की चाह तो सीमा से बढ़कर भी करते हैं, लेकिन दुःख किसी के नहीं ले सकते, और न ही किसी का दुःख बाँट सकते हैं। हम दूसरों के दुःख में दुःखी क्यों नहीं होते हैं?**''

यह सीमा बाबा को बार–बार दुःखी करती थी, और अब भी। वह कहते,– ''इंसान माँगता भी सीमित है, सिर्फ़ अपने लिए।'' जब मेरे देने की कोई सीमा नहीं, तो तुम सीमित क्यों मांगते हो? मेरे लिए दो। ''मेरे बच्चों के लिए, और मेरे परिवार के लिए।'' थोड़ा सीमा से बाहर जाओ और झोली बड़ी करो। कहो,–'हमारे लिए दो।' परिवार से लेकर समाज, और प्रांत, या देश। उस पूरे परिवार के लिए क्यों नहीं माँगते, जिसका अंग मैं भी हूँ। **(साई देश की एकता और विश्व मानवता के केन्द्र बिंदु है।) इससे 'वसुधैव कुटुंब्कम' की भावना जागृत होगी और मानव मन मलिन होने से बच जाएगा। यही भावना तुम्हें राष्ट्रप्रेम की ओर ले जाएगी। धर्म, समाज और राष्ट्र का समन्वय होगा**। जिसे मैं सौं देना चाहता हूँ, वह दस में खुश है। जिसे लाख देना चाहता हूँ, वह हज़ार में। जिसको मैं असीमित देना चाहता हूँ, वह भी सिर्फ़ अपने लिए ही माँगता है। इससे बढ़कर भी तो कोई माँगो। क्या तुम्हें मेरे असीमित भंडार का पता नहीं?

कभी–कभी लोग जब बाबा के दरबार जाते तो द्वारकामाई के अंदर के फर्श को बार–बार साफ़ करते। जो पहले से ही साफ होता है। उसे इतना घिसते है, लगता है फ़र्श को ही दुबला–पतला कर देंगे। उन्होंने कहा,–''मैं कभी–कभी द्वारकामाई के बाहर भी बैठ जाता हूँ, और दूर कहीं रास्ते पर भी बैठ जाता हूँ। कुछ समझे?''

यहाँ भी सीमा से परेशान। उसी फर्श को बार–बार साफ़ करते हैं, जो पहले से ही साफ़ है। और बाहर शायद कभी नहीं। वहाँ अपनी गिरी हुई वस्तु भी नहीं उठाते। जितना द्वारकामाई की फ़र्श को या किसी मंदिर को घिसते हो उतना अपने मन को, हृदय को भी घिसो, उसे भी स्वच्छ रखो। मैं वहाँ भी बैठना चाहता हूँ। फिर तुम्हें बार–बार शिरडी दौड़ने की ज़रूरत नहीं पड़ेगी।

जितना बाबा को सीमा ने परेशान किया उतना ही माया ने भी। वह कहते थे कि, ''मैं माया को तो भूल चुका हूँ, लेकिन वह मुझे अब भी परेशान करती है।''

बाबा के दरबार में माया के जाल में फंसे हुए लोग भी लाइन लगाते थे। वे माया के जाल से मुक्ति दिलाने के लिए दान का महत्त्व बताते। जब दान करने की प्रवृत्ति बढ़ती है, तभी व्यक्ति में सांसारिक मोह छूटने लगते हैं, और वह धीरे–धीरे लोभ, मोह, माया से भी छुटकारा पा जाता है। **''जब सांसारिक चीजें छूटती हैं और अस्थायी लाभ से विरक्ति बढ़ती जाती है, तभी प्रभु भक्ति में वृद्धि होती है।''** सांसारिक चीजों से लगाव और फिर उनसे बिछुड़ने का भय ही उसे बार–बार दुःख देता है। यह इंसान लोभ में सीमा क्यों नहीं बांधता, माया में सीमा क्यों नहीं बांधता ? किसी से इतना मोह क्यों ?

''सांसारिक चीजों से सीमा में रहकर प्यार करो,

और ईश्वर से सीमा से बाहर जाकर प्यार करो।''

ध्यान रहे, सब 'काम', दान, संग्रह, विरक्ति सब सीमा में रहकर करने के लिए कहा गया है।

अब मैं भी अपनी सीमा में आता हूँ, और सीमा की बात यही समाप्त करता हूँ, लेकिन आप अपनी सीमा से बाहर जाकर सोचिए ज़रा। इसी सीमा ने रावण का नाश किया, इसी सीमा ने महाभारत का युद्ध रचा। **सबको अपनी सीमा पहचाननी चाहिए। याद है ना, लक्ष्मण की सीमा–रेखा, और द्रौपदी की सीमा–रेखा।**

अब सीमा से आगे की बात की जाए तो साई के दो मंत्र श्रद्धा और सबूरी ने उस वक़्त भी जब बाबा देह रूप में विद्यमान थे, अपने

भक्तों को हर विघ्न बाधा को सहने को कहा कि,–"यह तो कर्म फल हैं, इन्हें अपने ईश्वर पर पूर्ण श्रद्धा सबूरी के साथ स्वीकार करना चाहिए।" आज भी उनके भक्त घोर समस्या को भी तपस्या के रूप में स्वीकार करते हैं। क्योंकि उन्होंने साई के दो मंत्र श्रद्धा और सबूरी को स्वीकार कर लिया है। श्रद्धा और सबूरी के मंत्र को उनके भक्त बखूबी समझते हैं, और विपदा के समय भी अपने कष्टों को हँस कर सह लेते हैं। जो होना है वह तो होता ही है, लेकिन दुःख दर्द तब कम हो जाता है, जब भक्त को पता रहता है कि इस विपदा के समय भी साई उनके साथ हैं, और वह सब देख रहे हैं, शायद उनको भी यही मंजूर है, **लेकिन हमें पुरुषार्थ नहीं छोड़ना चाहिए।**

जो उसकी कृपा से प्राप्त है, उसका शुक्रिया करते हुए उसके पथ पर चलना ही साई सफ़र है।

5

इस पथ पर रुकना नहीं...।

इसी मार्ग पर चलते हुए एक दिन साधक ने देखा पीछे कोई नहीं है। वह अकेला चला जा रहा है। कितने लोग साथ चले थे। आज पथ सूना है। जब यात्रा शुरू की थी तो दुनिया की भीड़ थी। अपनों का साथ था। रिश्तों की डोर थी। सब कहते थे कि, ''हम साथ–साथ हैं। हम सब उसके रास्ते पर साथ चलेंगे। उसके लिए, जिसने जीने की नई राह दिखाई, ज़िंदगी का मक़सद बताया। अगले जन्म भी साथ निभाने का वायदा किया है। **यह सफ़र सिर्फ़ उसके लिए है, जब तक कि मंज़िल तक न पहुँच जाए।''** और इसी चाह में खुद को ऊंचा दिखाने के लिए बार–बार उसके दर पे दस्तक देते। समारोह की चकाचौंध में मुख्यधारा में शामिल हो, दौड़ लगाते थे कि, ''कहीं तो खबर बने।'' यह उस वक़्त की बात हैं जब पथ पर कांटे नहीं थे। राह भी मखमली थी, और कभी–कभी तो फूलों की भी बरसात हुआ करती थी।

आज पथ काँटो भरा है। मंज़िल तो अभी दूर है। किसी का साथ नहीं है। जब साधक ने इसके लिए स्वामी (साई) से शिकायत की तो

इसके लिए स्वामी ने 'मूलमंत्र' का हवाला देते हुए सहने को कहा कि,–''धीरज रखो।''

''यह मूलमंत्र क्या है ?'' साधक ने पूछा। (कोल्हू की पटरी पर बैठा साधक अपना मूलमंत्र भी भूल गया।)

''विचार मेरा है और कर्म तेरा है। मैंने तो सिर्फ़ विचार दिये हैं। इसे कर्मों में बदलना तेरा काम है। मैं तो सिर्फ़ साथ हूँ। जब अच्छे कर्म करेगा तब भी, और बुरे कर्म करेगा तब भी। दोनों कर्मफल तुझे ही भोगने होंगे। अच्छाई ऊंचाई पर ले जाएगी और बुराई कहाँ ले जाएगी यह बताने की जरूरत नहीं है। मैं किसी भी स्थिति में साथ नहीं छोड़ सकता। क्योंकि मैंने वायदा किया है। **इस मूलमंत्र (इस पथ पर रूकना नहीं...।) से किसी का स्वार्थ सिद्ध नहीं होता। इस राह पर यदि किसी को कीर्ति, कनक या कामिनी में से एक भी सुलभ होती तो सब साथ होते।''**

फिर एक कहानी सुनाई, हमेशा की तरह नई कहानी, जो अधूरी रहती है, और जो हमें समझ नहीं आई। ''एक अश्वराज था। अश्वमेघ के प्रचार के लिए निकला। सबको निमंत्रण देता, किसी को साथ चलने के लिए कहता। किसी को आने के लिए कहता। सबको कहता,–''आपको आना है, अश्वमेध में''। उसे कहीं रूकना नहीं था। लेकिन एक दिन चलते–चलते कोल्हू की पटरी पर जा बैठा। आगे वाले से कहता,– ''आपको चलना है, अश्वमेध यज्ञ के लिए।'' आगे कोल्हू का बैल था। कोल्हू का बैल चलने लगा, उसके पीछे अश्वराज चलने लगा। फिर दूसरे बैल से कहता,– ''आपको भी चलना है।'' वह बैल भी आगे–आगे चलने लगा। बैल आगे–आगे और अश्वराज पीछे–पीछे। अब दृष्टि और दृष्टिकोण अश्वराज की नहीं, कोल्हू के बैल की थी। सो कोई कहीं नहीं पहुँच पाया। अब साधक तुम बताओ, कुछ समझे''?

यह भी अधूरी कहानी थी जो साधक को समझ में नहीं आई। इससे पहले कि वह आगे कुछ पूछता, स्वामी आँखों से ओझल हो चुके थे और साधक का स्वप्न पूरा होता, तब तक नींद खुल चुकी थी। भोर की पहली किरण ने साधक के मस्तक पर दस्तक दी। साधक ने उठकर देखा, आसपास कोई नहीं था। लेकिन उसे अपने स्वप्न को याद कर ख़ुशी हुई, और दुःख इस बात का कि, अब 'अश्वराज' क्या करे? आप भी सोचिए।

साधक फिर मार्ग पर चल पड़ा। (उसे भ्रम था कि वह चल रहा है, लेकिन वह गोल–गोल घूम रहा था, कोल्हू के बैल की तरह।) उसने अपना ध्यान अश्वराज की ओर केन्द्रित किया। उसे एक दिन लगा कि अश्वराज और मेरा काम क्या एक जैसा तो नहीं है?'' ऐसा सोचते हुए उसे एहसास हुआ कि स्वामी ने मुझे अश्वराज बताया है''। अब वह अपने आपको कहानी का पात्र समझ समस्या का हल ढूँढ़ने में लगा। स्वामी ने तो इशारा कर दिया था। उसे कुछ 'कोल्हू के बैल' नज़र आए। जो उसे अपनी ओर खींच रहे थे, पीछे–पीछे। अब उसने सोच

लिया **कि, ''मेरी यात्रा किसी अश्वमेध यज्ञ से कम नहीं है। चलना ही मेरा धर्म है।** लेकिन मैं 'कोल्हू की पटरी' पर जा बैठा हूँ, और उनके पीछे–पीछे चलकर अपना दृष्टिकोण भी खो चुका हूँ। कोई मेरे साथ नहीं चलता, कोई बात नहीं। लेकिन अगर मैं यहाँ से नहीं चल सका तो यह लोग मुझे भी 'कोल्हू का बैल' बना देंगे। मुझे यहाँ से चले जाना चाहिए, अपने 'साई सागर' की ओर। जिसकी बूँद–बूँद में अमृत भरा है, और किनारा मोक्ष का द्वार है''।

अब साधक उस स्थान को छोड़कर आगे बढ़ा, अपने स्वामी का प्रेम संदेशा (साई भक्ति–राष्ट्र शक्ति) फैलाने, तो उसने देखा, आगे–आगे साई चल रहे थे, और जब पीछे मुड़कर देखा तो उन रास्तों पर कारवां चला आ रहा था, जिन दुर्गम रास्तों को सुगम बनाकर साधक ने अपनी यात्रा के निशान छोड़े थे।

कहने का तात्पर्य यह है कि हमें किसी को अच्छाई, आध्यात्मिक या इस पथ पर चलने के लिए किसी का हाथ पकड़ कर नहीं लाना है। हम संकीर्ण विचारों से मुक्त होकर अच्छे विचार तो फैला सकते हैं, और फैलाना भी चाहिए, लेकिन अनावश्यक बखान से बचें। ख़ासकर उनसे जो 'कोल्हू की पटरी' पर बैठे हैं।

यात्राएं अपने निशान छोड़ती हैं, जब वह अपने लिए नहीं होती। फिर वह साधक की हो या अश्वराज चेतक की। इतिहास में ऐसे ही एक अश्वराज के पैरों के निशान आज भी प्रत्यक्ष मौजूद हैं। महाराणा प्रताप के घोड़े चेतक के, राजस्थान के हल्दी घाटी में। उसी चेतक के पैरों के निशान चट्टान पर स्पष्ट दिखाई देते हैं, जिसने अपनी स्वामिभक्ति के लिए अपने प्राण न्यौछावर कर दिए थे।

इसी कड़ी में एक साधक का सामना ऐसे लोगों से भी हुआ जिनका 'सो जाना' ही देश के लिए अच्छा है।

उस साधक ने पहले तीन लोगों को उठाकर कहा, **''मैं सफ़र पर निकला हूँ, आपको जगाने के लिए।''** तीनों घरों के मालिक ने उठकर शिकायत की–

एक ने कहा,– ''न खाने देते हैं।''
दूसरे ने कहा,– ''न पीने देते हैं।''
तीसरे ने कहा,– ''न खेलने देते हैं।''

फिर तीनों ने एक स्वर में कहा,–''अब कम से कम चैन से सोने तो दो।''

साधक को अफसोस हुआ कि ''मैं अच्छे भले, खाते–पीते और खेलते हुए लोगों के कार्य में भी बाधा डाल रहा हूँ''। जिज्ञासावश उसने तीनों से पूछा–''माफ कीजिएगा, लेकिन आप क्या खेल रहे थे, क्या पी रहे थे, और क्या खा रहे थे।''

तब तीनों ने कहा,–''हम जुआ खेलते हैं सट्टा खाते हैं, और शराब पीते हैं।''

साधक ने कहा–''आप सो जाइए, क्योंकि आपका सो जाना ही देश के लिए अच्छा है''। ऐसा कहते हुए साधक ने खुद अपने हाथों से उन तीनों के द्वार बंद कर दिये, और आगे निकल गया।

6
साधक के साधन

दो भक्त थे। दोनों पड़ोसी। दोनों को एक जैसा सपना आया। साई ने कहा,–"कल सुबह मैं तेरे घर पर आऊंगा। मुझे क्या खिलाएगा?"

इससे पहले कि दोनों कुछ पूछते, सपना टूटा और दोनों नींद से जाग गये। एक की नींद खुली तो उसकी आँखें खुल चुकी थी। उसने तैयारी शुरू कर दी। दूसरा जागते हुए भी नींद में था। "क्या ऐसा होता है कि कोई सपने में आकर कहे,–"मैं आऊंगा। और वह आ जाए?" वह शाम तक साई के संदेश या किसी के फोन का इंतज़ार करता रहा कि, कोई आकर बताएगा कि, 'साई आने वाले हैं।' जब दूसरे दिन देर से उठकर देखा, तो घर के बाहर फूल बिखरे पड़े थे। पड़ोसी भक्त से पूछा,–"यह क्या है"? तो उसने कहा,–"साई आए थे। मुझे उन्होंने सपने में आकर बताया था।" एक ने साई को पाया, एक ने इंतज़ार को।

अगली रात सपने में दूसरा वाला साई की द्वारकामाई मस्जिद पहुँच गया, शिकायत करने, कि,–"आपने मुझे क्यों नहीं बताया, कि आप आने वाले हैं...।" साई ने भी उसकी भाषा में ही जवाब दिया,

कहा कि,–''मेरे पास तकनीक नहीं है, न फोन की सुविधा है। सिर्फ़ सपने में आने की सुविधा है। मेरे मालिक ने भी मुझे यही दिया है, जिससे मैं जब चाहूँ अपने भक्तों से मिल सकता हूँ। लोग मुझे डॉक्टर भी कहते हैं, तब मैं इलाज के लिए भी दवाई नहीं देता, सिर्फ़ यह धूनी की राख ही देता हूँ। जब सपने में आकर इलाज करता हूँ तो लोग मुझे 'ड्रीम डॉक्टर' भी कहते है। मैं तेरे पास भी आ जाता, लेकिन मेरे पास आने का साधन नहीं है, क्योंकि मैं एक फकीर हूँ, तेरे पास साधन है लेकिन वह मुझ तक नहीं पहूँचता, वह गलत रास्ते पर जा रहा है, तब हम कैसे मिलते? तू विवेक को सारथी क्यों नहीं बनाता। अब तू कब समझेगा?''

यह भी अधूरा स्वप्न, अधूरी कहानी। फिर नींद खुली, लेकिन आँख नहीं खुली। रात के सपने को याद कर खुश हुआ। सोचने लगा कि बाबा के पास आने–जाने का साधन नहीं है। ''क्यों न बाबा को कुछ साधन या घोड़ा दान में दिया जाए''।

कई दिनों की मेहनत के बाद उसे एक तांगा घोड़ा पसंद आया। वह उसे लेकर साई की द्वारकामाई पहुँच गया, सपने में ही। कहा,–''साई यह तांगा आपके लिए। अब मत कहना कि साधन नहीं है। मैंने घोर परिश्रम करके यह तांगा ढूँढ़ा है।'' सपना समाप्त। अब इंतिज़ार शुरू हुआ साई से मिलने का, लेकिन वह नहीं आए। अगली रात को फिर मुलाक़ात हुई। साई ने कहा,–''मेरे पास तांगा चलाने वाला नहीं है। क्या तू चालक भी देगा, तू चालक बन जा?'' भक्त ने कहा,–''मैं चालक देता हूँ।'' वह बाजार से एक तांगा चालक ले आया और बाबा को भेंट किया। उसने सोचा अब आने में देरी न होगी। अब तो चालक भी दे दिया है, लेकिन साई नहीं आए। जब साई से शिकायत की तो कहा,– ''मेरे पास लगाम नहीं थी। तो कैसे आता? और न मुझे घोड़े पर बैठना आता है। वह दूसरे दिन बाजार जाकर रस्सी का टुकड़ा ले आया और बाबा को दे दिया। अब सोचने लगा,

''मैंने तांगा, घोड़ा, चालक और लगाम सब दे दिया है, अब कुछ भी बाक़ी न रहा। अब साई मुझ तक पहुँच जाएंगे''। वह साई की बाट निहारता रहा कि, अब आए, अब आए, लेकिन....।

एक दिन सपने में आकर साई ने कहा,–''तुझसे मुझे कुछ भी प्राप्त नहीं हुआ है। तूने मुझे कुछ भी नहीं दिया। न तांगा, न घोड़ा, न चालक और न ही लगाम...।''

''तो क्या बाबा को भी हमारे जैसे सांसारिक या आधुनिक साधन चाहिए? नहीं, ऐसा नहीं हो सकता। लेकिन उन्होंने कहा था कि मेरे पास तकनीक नहीं है, तो वह क्या चाहते हैं ?''

वह फिर नये साधन की खोज में चल पड़ा। अब की बार उसे मार्ग में माया और विवेक मिले। **विवेक ने कहा,–''मुझसे काम लो।''** माया ने कहा,–''मैं आपको साधन उपलब्ध करा दूंगी।'' उसने विवेक से काम नहीं लिया, माया की ओर रूख किया और संसार में व्यस्त हो गया। फिर साई को भी भूल गया।, लेकिन सब कब तक साथ निभाते। सबने अपना रंग दिखाना शुरू किया। ''इंसान के पास सिर्फ़ दिल और दिमाग़ दो चीजें ही तो हैं, यह भी सही राह नहीं दिखाते, तब क्या करें ?''

''इससे बढ़कर एक चीज और है, और वह मैं हूँ। जब दोनों काम न करें या भ्रमित करें, तब कहते हैं न मुझसे काम लो। दिल और दिमाग से आगे की चीज, मैं हूँ विवेक।'' ''साई ने भी तो तुझे कहा था कि विवेक को सारथी बना''। अब की बार उसने विवेक से काम लिया और स्वयं को अनन्य रूप से साई को समर्पित कर दिया। तब साई ने उसे साधन का मतलब समझाया और कहा कि,–''मैंने तुझसे यह भौतिक साधन नहीं माँगे थे, यह जो साधन तूने मुझे दिये हैं, सब तेरे अंदर हैं, लेकिन तुझे भटका रहे हैं। इंसान की इंद्रियां बेकाबू घोड़े के समान हैं और शरीर रूपी तांगा भी घोड़े के साथ चलता है। इसे

मन की लगाम से कसकर पकड़ और स्वयं एक अच्छा चालक बन। **व्यक्ति को स्वयं के साधन या वाहन पर नियंत्रण तो होना ही चाहिए, वर्ना दुर्घटना का भय बना रहता है। फिर गिरने का भय भी, अपनी या दुनिया की नज़र से।** अच्छा चालक वही है जो अपनी इन्द्रियों का मालिक बन सके, न कि उनका दास और जो इंद्रियों का दास हो गया उसके लिए मोक्ष का मार्ग असंभव है। जो विवेक से काम लेता है, और इन्हें मेरी तरफ मोड़ देता है फिर उसे मुझसे मिलने से कोई नहीं रोक सकता''।

सुबह भक्त की नींद खुली तो उसके सामने रात्रि स्वप्न के दृश्य नज़र आने लगे। उसकी आँखों से माया के पर्दे हट चुके थे। उसे सांसारिक साधनों के बीच बाबा के बताए साधन याद आए। उसने साई को नमस्कार कर स्वयं को साई पथ की ओर मोड़ दिया और स्वयं एक अच्छा 'चालक' बना।

चालक मतलब नेतृत्व, या वह जिसका हम अनुसरण कर रहे हैं, हमें कहाँ ले जा रहा है। सबको अपने अंदर एक विपक्ष या समीक्षक बैठाना चाहिए, जो हमारे अच्छे–बुरे कार्यों की आलोचना कर सके। उसे सही दिशा निर्देश दे सके। क्योंकि अगर विपक्ष कमजोर होगा तो नेतृत्व मनमानी करेगा, इसलिए थोड़ा विवेक से काम लीजिए।

7
अधूरे सिक्के

इसी प्रकार साई के दरबार में दो मित्र आए। एक पूरब और एक पश्चिम। दोनों दर्शन करने आए थे। पहले ने बाबा के दर्शन किए और उन्हें एक रूपया दक्षिणा में दिया। दूसरे ने भी दर्शन किए और एक रूपया दक्षिणा में दिया। बाबा ने दोनों के सिक्के को उलट–पुलट के देखा, और कहा,–''यह भी अधूरा सिक्का है, और यह भी अधूरा सिक्का है। सिक्के का एक ही पहलू है। मतलब यह सिक्का नहीं चलेगा। मुझे पूरा सिक्का चाहिए। दोनों को मिलाओ।''

दोनों ने रूपया वापस ले लिया और देखा कि,–''जो सिक्का दिया है वह पूरा भी है और खरा भी है''। दोनों का सिक्का पूरा था, लेकिन साई ने रूपया लिया क्यों नहीं? नहीं लिया तो नहीं लिया। अधूरा सिक्का क्यों कहा? सिक्के का एक ही पहलू क्यों कहा''?

एक ज्ञान के नशे में चूर था तो दूसरा भक्ति में मदहोश। ज्ञानी और भक्त दोनों बाबा की बात समझ नहीं पाये और न ही पूछा, लेकिन हमेशा सोचते रहे कि सिक्के को पूरा कैसे करें?

ज्ञानी ने कहा,–"बाबा ने कहा था कि सिक्का अधूरा है, दोनों को मिलाओ"। भक्त ने हाँ कर दी। दोनों ने सिक्के को जोड़ा और कहा,–"एक और एक ग्यारह होते हैं"। और सिक्का बाजार में चला दिया। (किस्मत से सिक्का बाजार में चल गया।) दोनों इससे खुश थे कि यह अच्छा हुआ कि, "हमने 'एक और एक दो' को बाबा को देने से तो अच्छा, बाजार में ग्यारह में चला दिया। बाबा को तो बाद में भी दे देंगे। शायद उन्हें दिखा नहीं कि सिक्का पूरा ही नहीं अपितु कई गुना ज्यादा का है।"

यह कर्म और विचार हैं, एक कट्टर भक्त और एक बड़े ज्ञानी के।

कुछ दिन बाद फिर एक मौक़ा मिला साई दर्शन का। क़िस्मत ने फिर साथ दिया। कृपा हुई साई की, कि द्वारकामाई की सीढ़ी चढ़ गए। अब की बार नया सिक्का जांच–परख कर कि,–"बाबा अब तो कुछ ना कहेंगे।" पहले ने एक सिक्का दिया। साई ने फिर कहा,–"यह

अधूरा सिक्का है। एक ही पहलू है''। दूसरे ने दिया तो उसे भी वही जवाब दिया कि,–''यह भी अधूरा सिक्का है, इसे मिलाओ।'' तब उन्हें लगा कि बाबा हमारे जिस सिक्के को अधूरा कहते हैं, वह बाजार में कई गुना अधिक में चल जाता है। शायद वह भी यही चाहते हैं कि हम यहाँ से यह सिक्के लेकर जाएं और उसे फिर एक और एक जोड़ कर ग्यारह करके बाजार में चलाएं। इससे हमारी समृद्धि भी बढ़ेगी।

उन्होंने कुछ पूछा नहीं। (हम भी नहीं पूछते, जहाँ हमारा स्वार्थ सिद्ध होता है, कहते हैं कि ऊपर वाले की इच्छा है।) लेकिन साई को दया आ गई। एक और इशारा किया कि, ''अगली बार आओ तो जो कोने में 'चक्की' रखी है, वैसी लाकर देना। लेकिन उसका 'पाट' और 'आधार' के साथ 'दण्ड' भी होना चाहिए।''

वह वहाँ से चले गये। न ही पूछा कि दक्षिणा वापस क्यों की? और अब की बार भी अधूरा सिक्का क्यों कहा'? लेकिन उनको उन्हीं सिक्कों को बाहर चलाने पर समृद्धि का साम्राज्य नज़र आने लगा, सो वहाँ से चले गये और इस प्रकार 'एक और एक ग्यारह' करके संपत्ति बनाते गये। यह किस्मत की बात थी कि भौतिक रूप से आर्थिक समृद्धि बढ़ी, लेकिन भक्ति और ज्ञान का समन्वय न हो सका।

द्वारकामाई में बैठे साई को दया आ गई कि एक भोला भक्त है और दूसरा महान ज्ञानी। मैं जब तक न समझाऊंगा, नहीं समझेंगे। वह एक रात को सपने में आए, और कहा कि,–''तुम मुझे चक्की कब लाकर दोगे ? और चक्की आधी– आधी मत लाना। वह पूर्ण होनी चाहिए, साथ में उसका केंद्र भी, जिसे दण्ड कहते हैं।''

जब सुबह दोनों उठे तो दोनों को पिछली बार बाबा की चक्की की याद और रात का स्वप्न याद आया। उन्होंने सोचा,–''चलो आज

शिरडी चलते हैं, हमने कई गुना माल कमाया है। एक चक्की ही तो मांग रहे हैं, आज ही दे देते हैं''। वह चक्की लेने किस्मत से एक ऐसे दुकानदार के पास गये, जो 'पूरा सिक्का' था। उन्होंने सारी बात उस दुकानदार को बता दी। ज्ञानी ने कहा,– ''हमें चक्की चाहिए लेकिन वह पूरी होनी चाहिए। जिसके दोनों पाट हों और उसका दण्ड भी। क्योंकि साई हमारे द्वारा दिये गये सिक्के को भी लौटा देते हैं। कहते हैं कि यह अधूरा सिक्का है''। उन्होंने यह भी बताया कि, ''बाबा के लौटाए एक और एक सिक्के को हम ग्यारह बनाकर बाजार में चला देते हैं''। वह दुकानदार भी बाबा का भक्त था, लेकिन वह 'पूरा सिक्का' था। उसने पूरी बात पता की तो उसे ऐसा लगा कि एक बड़ा भक्त है, और दूसरा महान ज्ञानी है। उसने कहा,–''मेरे भाइयों **आप दोनों एक ही सिक्के के अलग–अलग पहलू हो, और एक ही चक्की के दो अलग–अलग पाट हो। आप आपस में मिलो।** अर्थात ज्ञान के साथ भक्ति हो, और भक्ति के साथ ज्ञान। जब दोनों का आपस में समन्वय होगा तो इस संसार यात्रा या उसके बाद भी भटकना नहीं पड़ेगा। और हाँ, साथ में अपने सांसारिक कर्म मत छोड़ना। **ज्ञान, भक्ति और कर्म की संपूर्ण चक्की साई को समर्पित कर दो।** और जब श्रद्धा का एक सिक्का और सबूरी का एक सिक्का साई को अर्पित कर दोगे तो यह धातु और चांदी के सिक्के तुम्हें अर्पित नहीं करने पड़ेंगे। इसके बाद जीवन यात्रा चाँदी–चाँदी और मोक्ष यात्रा सोना–सोना हो जाएगी। बाक़ी बात साई समझा देंगे। माफ़ करना, मेरे मुँह से तो अचानक बात निकल गई थी''। ऐसा कहते हुए उसने अपने पास से 'चक्की' की जगह 'साई सच्चरित्र' निकाल कर दी। जिसमें कर्म संसार के बीच ज्ञान और भक्ति का भंडार समाहित है।

हम भी सांसारिक जीवन में कुछ तिकड़म या जुगाड़ कर एक और एक ग्यारह कर रहे हैं लेकिन एक और एक को जोड़कर दो (ज्ञान और भक्ति या दो धर्मों का समन्वय) नहीं किया। तो क्या फिर उसकी सत्ता में हमारा सिक्का चलेगा? हमें भी इस जीवन में कर्म करते हुए ज्ञान की अलख जगाए साई भक्ति की ओर अग्रसर होना चाहिए, जिससे आत्मज्ञान की प्राप्ति सुलभ होगी। चक्की और भी है जैसे विज्ञान और अध्यात्म की। हिंदू या मुसलमान की...। यह हमारे पूरब और पश्चिम हिन्दू और मुसलमान भी हो सकते हैं।। क्या फ़र्क पड़ेगा अगर हम शराब बंदी की सीख आपसे ले लें और बलि प्रथा का विकल्प आप हमसे ले लें।

8
चक्की

विज्ञान ईश्वर को नहीं मानता और अध्यात्म परमाणु को। (लेकिन दोनों, दिशाओं को मानते हैं। दिशाएं होती हैं? जहाँ बताते हैं, वहाँ मिलती नहीं...।) दोनों प्रमाण मांगते हैं। दोनों का अपना तर्क है। विज्ञान कहता है कि, ''परमाणु अति सूक्ष्म है। यह सामान्य आँखों से नहीं दिखते, इसके लिए 'सूक्ष्मदर्शी' की आवश्यकता होती है''। उसी प्रकार अध्यात्म कहता है कि, ''ईश्वर अति दुर्लभ है। यह सामान्य आँखों से नहीं दिखते, इसके लिए 'दिव्यदृष्टि' अर्थात मन की आँखों की आवश्यकता होती है''। दोनों कहते हैं कि, ''हम इन्हें महसूस कर सकते हैं और जीवन में सकारात्मक परिवर्तन ला सकते हैं।'' फिर भी दोनों विपरित ध्रुव होते हुए भी एक दूसरे में रूचि लेते हैं। अध्यात्म ने कहा,–''आत्मा कभी नहीं मरती। यह एक शरीर को छोड़ दूसरे शरीर में प्रवेश करती रहती है समाप्त नहीं होती। नश्वर है''। विज्ञान ने कहा,–''ध्वनि (आवाज) भी कभी समाप्त नहीं होती। इसका प्रभाव वायुमंडल में धीरे–धीरे कम होता हुआ वातावरण में फैल जाता है, लेकिन ध्वनि कभी पूरी तरह समाप्त नहीं होती।'' आगे कहा गया कि, ''एक दिन विज्ञान इतनी प्रगति कर लेगा कि भगवान कृष्ण द्वारा पांच

हजार साल पहले कुरूक्षेत्र में दी गई 'भागवद्गीता' की ज्ञानवाणी को उन्हीं की मूल आवाज में खोज लेगा''। (कम से कम विज्ञान ने श्रीकृष्ण के ज्ञान को तो मान ही लिया है।) फिर इससे आगे बढ़ते हुए विज्ञान के ज्ञाताओं को लगा कि, ''कहीं न कहीं इस सृष्टि के पीछे कोई न कोई सूक्ष्म कण मौजूद है, जिससे पूरी सृष्टि का निर्माण हुआ है, वह ईश्वरीय कण है। लेकिन इसके लिए भी प्रमाण चाहिए।'' जब हम ईश्वर को याद करने के लिए ऊपर हाथ उठाते हैं, तो वह उसे खोजने के लिए जमीन के अंदर जाते हैं, मशीनों के साथ। हम कहते हैं,–''हमने महसूस किया है ईश्वर को।'' नहीं मानेंगे। ईश्वर को देखने के लिए भी हजारों मशीने लगाएंगे। कई सालों की मेहनत के बाद जब तर्कसंगत उत्तर मिलता है, तो कहते हैं कि, ''ईश्वर कहीं तो मौजूद है।'' यहाँ तक तो ठीक है, फिर इन्हीं विज्ञान के ज्ञाताओं ने भगवान राम की जन्म तारीख भी घोषित कर दी, कि, ''श्रीराम का जन्म 10 जनवरी 5114 ई.पू. को हुआ था। स्थान अयोध्या में, और भारत और श्रीलंका के बीच जो सेतु बना है वह रामसेतु ही है।'' फिर भी भक्ति का प्रमाण चाहिए, कि ''आपकी भक्ति का आधार क्या है''? भक्ति का आधार सिर्फ विश्वास है। आस्था है। और श्रद्धा है। और जहाँ आस्था होती है वहाँ कोई तर्क नहीं चलता, एवं आस्था ही भक्ति का उद्गम है।

भक्ति मतलब किसी को पा लेना, उसका हो जाना, या ईश्वर को अपने जीवन में शामिल कर लेना। भक्ति प्रेम का विशुद्ध रूप है। कलयुग में ईश्वर प्राप्ति का सबसे सरल मार्ग भक्ति ही है, क्योंकि इस युग में जप, तप, योग, इतना साध्य नहीं है। भक्ति ही ईश्वर तक पहुँचने का साधन है, और वहाँ तक पहुँचने के लिए जो एक चीज का त्याग करना पड़ता है, वह है अहंकार। अहंकार और भक्ति दोनों एक ही पथ पर साथ नहीं चल सकते। अहंकार गुरुचरणों में अर्पित कर दे तो इंसान भक्ति मार्ग पर चलते हुए मोक्ष को प्राप्त कर लेता हैं, जो

उसका परम ध्येय है। कर्म संसार में भक्ति के नौ रूपों का वर्णन भागवद्गीता में भगवान श्रीकृष्ण ने किया है, जिसे नौविधा भक्ति कहते हैं इसी नौविधा भक्ति का वर्णन करते हुए साई सच्चरित्र में भी कहा गया है कि, ''जिसे जो सुलभ हो वही अपनाए''। एवं इसमें भी श्रेष्ठ नाम स्मरण का महत्व बताया गया है। **नाम स्मरण मनःस्थिति परिवर्तन का सर्वोच्च साधन है, क्योंकि राम से बड़ा राम का नाम। राम नाम तो तब भी था जब दशरथ पुत्र राम नहीं हुए थे। इनका होना उसी प्रकार का है जैसे किसी मंदिर के केन्द्र में स्थित मूर्ति साधक का ध्यान केन्द्रित करती है, जबकि जिसकी परम सत्ता है वह कण–कण में व्याप्त है, स्थूल या सूक्ष्म रूप में।** आत्म साक्षात्कार होने पर या ज्ञान प्राप्ति होने पर भी भक्ति मार्ग छोड़ा नहीं जाता। भक्ति और ज्ञान एक ही सिक्के के दो पहलू हैं। भक्ति के बिना ज्ञान अधूरा है और ज्ञान के बिना भक्ति अधूरी है। साई सच्चरित्र में इसे एक चक्की के दो पाट और दण्ड के रूप में बताया गया है। जो कि ज्ञान, भक्ति एवं कर्म की ओर इशारा करते हैं (वैसे ही विज्ञान और अध्यात्म की भी एक चक्की है।) कि, इंसान संसार में रहते हुए अपने कर्त्तव्यों, कर्मो में लगा रहे। भक्ति मार्ग उसे ईश्वर प्राप्ति करा देगा। साथ ही भक्ति करते हुए उसे ज्ञान की खोज में लगे रहना चाहिए। ज्ञान की पूर्णता आत्मज्ञान या आत्म साक्षात्कार को कहा गया है। सब कुछ जान लेना या मान लेना, सीख लेना, सब ज्ञान की श्रेणी में ही आता है। यही ज्ञान इंसान के पैदा होने से अंत तक लगातार जारी रहता है। ज्ञानी मतलब जिज्ञासु, जानना, उत्सुकता, प्यासी आँखे, जो हर चीज का तर्कसंगत उत्तर चाहती है। उसके लिए सारे जीवन को जानना ही यात्रा है। इसी ज्ञान की सीमा आगे बढ़ते हुए कर्म में परीणत हुई। परिणामस्वरूप विकसित विज्ञान और चमत्कृत आधुनिक युग है। वहीं भक्ति पथ वाला जो हो रहा है उसमें ईश्वर समाहित है, और सारी चीजों को ईश्वर से ओत–प्रोत होकर देखता है। उसके लिए, ईश्वर के बिना संसार की कल्पना नहीं की जा सकती है।

लेकिन इन दोनों की पूर्णता क्या कर्म के बिना संभव है? शायद नहीं। जैसे अधूरी चक्की या अधूरे सिक्के। यह कर्म संसार है। इसकी विस्तृत व्याख्या भगवान श्रीकृष्ण ने भागवद्गीता में कर दी थी कि,–"कलयुग, 'कर्मयुग' होगा। हमें पुरुषार्थ करना चाहिए, अर्थात कर्म करना चाहिए।"

पूजा, प्रार्थना, सगुणोपासना से शुरू होकर निराकार और सर्वत्र अपने ईश्वर को महसूस कर लेना भक्ति का उच्च स्तर है और यह उच्चस्तर यदि प्राप्त हो जाए तो काफ़ी हद तक धर्मभेद, जातिभेद और सांप्रदायिकता समाप्त हो सकते हैं। भक्ति का नाम आते ही हमारे मन में जो भक्त की छवि उभरती है वह ऐसा लगता है कि जो साधु जैसा होगा या गले में कंठीमाला पहने, मस्तक पर तिलक लगाए होगा, लेकिन जब भक्ति अन्तर्मन से होती है तो यह रूप भी अंदर ही होने चाहिए, बाहर ज़रूरी नहीं है। क्योंकि सादगी और साधू एक दूसरे के पर्याय है। साधू की भी हमारे मन में छवि बनी हुई है कि, वैसी ही वेशभूषा धारण कर लो। ऐसे आज के दौर में भी कुछ साधू ऐसे हैं जो माया, मोह नहीं छोड़ पाये हैं। साधू हमें भी होना चाहिए, लेकिन वेशभूषा से नहीं। साधू का मतलब सज्जन, सन्मार्ग पर चलने वाला, जो अपने धर्म पर चले, सत्कर्मी, न कि प्रदर्शन से। **भक्ति का लक्ष्य ईश्वर दर्शन के लिए हो। प्रदर्शन करके आत्मदर्शन नहीं हो सकता।**

साई ईश्वर के अवतार हैं और अवतार की छवि भी हमारे मन में भिन्न है। जैसे वह सोने के सिंहासन पर विराजित होंगे, सिर पर मुकुट धारण किये होंगे। चार–चार हाथों में आयुध लिए ओजस्वी रूप धारण किये होंगे, लेकिन साईबाबा ने जैसा देश वैसा भेष वाला रूप अपनाया। कलयुग में इंसानों के बीच इंसानों जैसे। कहीं धूनी रमा ली तो कभी चिलम जला ली। इसके बाद रहते शून्य में और नज़रे अनंत तक। शून्य मतलब न घर–बार, न माता–पिता, न संग्रह, अपने शरीर और कीर्ति से भी मोह नहीं। और नज़रे अनंत तक। अर्थात उन्हें अपने सात समंदर

पार के भक्तों की भी चिंता रहती है एवं अनन्य भक्तों के अनंत उनके परिवार हैं।

हमें कोई भक्त दिखता है साधू जैसी वेशभूषा पहने, कंठीमाला डाले हुए तो कोई भगवा वस्त्र धारी या मस्तक पर तिलक लगाए हुए। इस श्रृंखला में एक साधक को देखा जो उनसे भिन्न था, लेकिन था भक्ति मार्ग का पथिक। जब उससे पूछा गया कि,– ''भाई तुम किसके भक्त हो''? उसने अपना मौन तोड़ते हुए कहा,–''मैं भी उसी का हूँ जिसके तुम हो, **लेकिन मैं तभी भक्त कहलाऊंगा जिस दिन वह मुझसे कहेगा कि, हाँ यह मेरा सच्चा भक्त है।''**

9
गुरूपथ

एक आदमी ने एक अपराधी पर इनाम रखा, क्योंकि उस अपराधी ने उसके घर पर भी डकैती डाली थी। उसके ऊपर हत्या, लूट, डकैती जैसे कई संगीन मामले दर्ज थे। एक दिन वह अपराधी पकड़ा गया, या पेश हो गया। उसे उस आदमी के पास लाया गया। तब अपराधी ने कहा,–**''मेरे ऊपर '100 मामले' दर्ज हैं।'' उसने इस तरह कहा कि जैसे उसके लिए 'मामले' नहीं, 'मेडल' हैं।**

उस आदमी ने अपराधी के हाथ के ऊपर '101' लिख दिया और खुद के हाथ पर '1' लिख लिया और कहा,–''मैंने तुझे माफ़ किया।''

क्योंकि जब उसके ऊपर 100 मामले दर्ज होने के बावजूद वह बाहर घूम रहा है, तो इसकी क्या गारंटी है कि उसे इस एक मामले में सजा हो जाएगी। यह हमारे देश का कानून है, कि इतने मामले होते हुए भी वह बाहर घूम रहा है। ऐसा क्यों हुआ ? और उस व्यक्ति ने खुद के हाथ पर '1' क्यों लिखा?

यह हम किसी कहानी के नायक के परिप्रेक्ष्य में देखें तो शायद अपराधी का आख़िरी और उस व्यक्ति का पहला अपराध होता। अपराधी का अपने 'ऊपर वाले हाथ' पर विश्वास, और आम आदमी का क़ानून पर विश्वास नहीं।

उपर्युक्त बातें हमारे मार्ग से अलग नहीं है। अंदर से संदेश अच्छे नहीं आएंगे तो बाहर परिणाम भी अच्छे नहीं आएंगे। समाज में ग़लत संदेश जाएगा, जो अपराध को बढ़ावा देता है। बिना गुरू के व्यक्ति को न दिशा मिलती है और न दशा सुधरती है, वह भटक जाता है।

एक अपराधी बाबा के सामने भी आया था। जब बाबा के सामने अदालत लगाई गई। तब चोर से पूछताछ शुरू की तो उसने कहा,–''मुझे तो यह सारा माल बाबा ने दिया है।'' चोर ने सोचा अब तो बाबा ही न्याय कर सकते हैं। उसे पछतावा हो रहा था। जज ने बाबा से पूछा,–''आप क्या करते हैं, और क्या आपने ही इसे यह माल दिया है''? बाबा ने कहा,–''मैं भी न्याय करता हूँ और इसे यें माल मैंने ही दिया

है।'' जज ने मन में सोचा, ''अब पागल फ़कीर भी न्याय करने लगे''। बाबा ने कहा,–''हाँ यह पागल फ़कीर सारे संसार का न्याय करता है।'' अब जज की बोलती बंद हो गई। उसने अब चोर को तो छोड़ दिया और बाबा पर केस चलाने की सोचने लगा। तब तक चोर ने अपनी गलती स्वीकार कर ली। बाबा ने जज की तरफ देखा तो जज को बाबा की आँखों में हाईकोर्ट और सुप्रीमकोर्ट से ऊपर एक 'परमसत्ता' नज़र आने लगी। तब एक पैर जज ने पकड़ा और एक चोर ने। दोनों साई चरणों में थे। साई ने कहा,–''देखा, मैंने कहा था न कि मैं भी न्याय करता हूँ।''

दोनों अपराधियों में क्या अंतर था ? सिर्फ विश्वास का। एक का अपने 'ऊपर वाले 'हाथ' या अगले अपराध पर और दूसरे का अपने साई या गुरू पर विश्वास। जिसने साई पर विश्वास किया, साई ने उसके आरोप अपने ऊपर ले लिए, जैसे वह किसी की बीमारी और दुःख अपने ऊपर लेते हैं। और जो अपराध को 'मेडल' की तरह लेकर घूम रहा है उसे अपने ऊपर वाले हाथ पर विश्वास है कि ले देकर छूट जाऊंगा।'' शायद जीवन में कोई गुरू मिल गए होते तो आज उसका जीवन कुछ और होता।

किसी ने कहा था कि,–''भारतीयों को चार तरह की भाँग खिलाई जाती है, जिसका नशा सिर चढ़कर बोलता है। क्रिकेट, राजनीति, फिल्में और धर्म'' सही भी है। हमें कोई काम न हो तो भी यह चीजें हमे साल के 365 दिन और 24 घंटे व्यस्त रखती है। माफ़ कीजिएगा, लेकिन सच्चाई यही है।

इन चारों से बढ़कर भी एक नशा और है, वह है गुरूभक्ति का नशा। तो यह बात गलत नहीं होगी। इनकी विचार यात्रा मन के अंदर चलती रहती है और इस नशे में वह शायद सांसारिक दुःख क्लेश भी भूल जाते हैं, लेकिन हम आज के समय में गुरू खोजने में भी धोखा खा जाते हैं। क्योंकि हमारा अपने इष्ट पर पूर्ण विश्वास नहीं होता है। इंतज़ार नहीं होता। सब्र नहीं कर सकते। सब कुछ समय से पहले पा

लेना चाहते हैं। कहीं कुछ चमत्कार और कृपा बरसे, अपना पुराना चोला उतार फेंका, जो कवच था। कहीं किसी दरबार या सरकार के फेरे में पड़ जाते हैं, क्योंकि विश्वास स्थिर नहीं है। हमें गुरू पर पूर्ण विश्वास होना चाहिए। लेकिन गुरू कैसा हो ? गुरू, मतलब जो गूढ़ रहस्यों से पर्दा उठा दे। जो ज्ञान मार्ग की राह बता दे। जिसके मिलने के बाद कोई चाह बाकी न रहे, वही सद्‌गुरू होता है। इंसान के जन्म से लेकर अंत तक उसे ज्ञान की जिज्ञासा बनी रहती है। और स्थान, काल, स्थिति के अनुसार गुरू भी मिलते रहते हैं। गुरू के रूप में पहला स्थान माँ का होता है, फिर पिता, मित्र, भाई और शिक्षक सब गुरू ही होते हैं। लेकिन जब तक सद्‌गुरू न मिले तब तक गुरु का सर्वोच्च पद खाली रहता है। कबीरदासजी ने एक गुरू को हमेशा साथ में रखने को कहा है। सच्चा आलोचक या निदंक। यह भी गुरू ही होता है। जो हमारी बार–बार आलोचना कर हमें निखारता है एवं हमें ठोकरों से बचाता है। गुरू हमारे गुरूर का अंत कर गुणों का विकास करता है। सोए हुए विवेक को जागृत करता है। नित स्वार्थ पूर्ति होते ही हर नए दिन, नई इच्छाएं जागृत होती है, जो कभी तृप्त नहीं होती है और यही असंतृप्तता व्यक्ति को मोहपाश में बांधे रखती है। गुरू स्वार्थ से परमार्थ की राह दिखा हमे ईश्वर के मोहपाश में बांधते है। फिर सांसारिक बंधनों से मुक्ति की लहर उठती है। इस मार्ग पर यदि हमारी उन्नति होगी तो वह हमें कई बार परखेंगे। नहीं तो आप पिंजरे में ही खुश रहो।

एक बार कोई व्यक्ति किसी संत के पास गया। जब इच्छा पूर्ति हुई तो उन्हें अपना गुरू बना लिया और गुरू स्वीकार करने से पहले उन्हें परखा कि गुरू चमत्कारी है कि नहीं। उनका भी समर्पण देखा। त्याग और ख्याति देखी, फिर उनके प्रति समर्पित हुआ। प्रथम स्थिति में भक्त बार–बार उनके दर पे दस्तक देता। उनका हर जगह लीलागान करता। गले में कंठी मालाएं पहनता और इस पथ पर आगे बढ़ता रहा। जब गुरू गले से उतर अंर्तमन में विराजित हो गए तब

उन्होंने उसे अगली राह पर चलने के लिए बार–बार आजमाया। फिर चमत्कार नहीं, सिर्फ परीक्षा। बहुत समय बीता। ''बस दुःख तकलीफ़ ही बची है, गुरू पहले तो सुन लेते थे। अब यह विलंब क्यों ?'' एक दिन अंतर्मन से गुरू से पूछा, तो गुरू ने कहा,–**''अगला आध्यात्मिक पथ बड़ा कठिन है। मुझे उसे ही चुनना है जो इस पथ पर विचलित न हो।** तुमने भी मुझे कई बार आजमाया। अब मेरी बारी है। यदि तुम इस परीक्षा में सफल हुए तो आगे की राह तुम खुद चुनोगे।''

''साफ़–साफ़ शब्दों में कहें तो गुरू जब किसी पर कृपा करे तो उसे वैराग्य और विरक्ति देकर मोक्ष मार्ग की ओर अग्रसर करते हैं। लेकिन हम सांसारिक मान, सम्मान और 'अर्थ' को ही कृपा मानते हैं। और मूढ़मति हुए तो इसका विकल्प भी खोज लेते हैं। मतलब गुरू का भी दूसरा विकल्प। गृहस्थ आश्रम में यही काम पत्नी करती है, वह भी गुरू है। वह भी इस प्रकार परीक्षा ले तो व्यक्ति वैराग्य और विरक्ति की ओर बढ़कर ईश्वर प्रेम की ओर अग्रसर होता है। नहीं तो कहीं–कहीं तो भ्रष्टाचार का मूल कारण भी यहीं से शुरू होता है। और यहाँ भी मूढ़मति हुए तो पत्नी का भी 'विकल्प' खोज लेते है। बाबा ने हमेशा कहा,–''**मेरे भक्तों को अन्न और वस्त्र के लिए चिंता नहीं करना चाहिए।''** इनकी चिंता कोई करता भी नहीं, क्योंकि आज इंसान की प्राथमिक आवश्यकता की सूची में विलासिता की वस्तुएं आ गई हैं, वह उन्हीं के लिए चिंतित रहता है। फिर ईश्वर चिंतन के लिए समय ही कहाँ। तब वैराग्य और विरक्ति से तो दूर–दूर तक कोई नाता नहीं। बाबा को वैराग्य का पाठ उनके गुरू ने सिखाया था। 'रमता जोगी, बहता पानी'। लेकिन बाबा के गुरू कौन थे। वैकुंशा ? कबीर या कोई और ? या बाबा स्वयं अपने गुरू थे? एक बार जब नीम के पेड़ के नीचे खुदाई करवाई गई तब बाबा ने कहा था कि,–''यहाँ मेरे गुरूदेव की समाधि है''। लेकिन नाम

नहीं बताया। बाबा वेशभूषा से मुस्लिम प्रतीत होते और आचरण से हिंदू और सर्वधर्म समभाव की बात करते। यही सब इससे पहले कबीरदास जी ने भी किया था। वह भी जाति और धर्म के नाम पर भेद करने वालों पर कटाक्ष किया करते थे। तब लोगों को लगता कि,– ''हो सकता है कबीर ही बाबा के गुरू हों।'' एक बार बाबा ने कहा था कि ''मैं कभी पढ़ने नहीं गया। मेरे माता–पिता ने बचपन में ही मुझे एक फ़क़ीर को सौंप दिया था।'' इन्हीं बातों का फ़ायदा उठाते हुए एक दिन एक 'मिथ्या गुरू' भी प्रकट हो गये। कहने लगे,–''मैं ही साई का गुरू हूँ, जौहर अली। वह फकीर मैं ही था।'' बाबा ने भी मना नहीं किया। उनकी सेवा कर बताया कि शिष्य को किस प्रकार आचरण करना चाहिए और गुरू के प्रति अनन्य श्रद्धा रखनी चाहिए। जब जौहर अली को पता चला कि साई तो 'जगद्‌गुरू' हैं तो उन्हें अपने किए पर पछतावा हुआ। उन्होंने माफ़ी माँगी। पूरा साई सच्चरित्र गुरू महिमा और ज्ञान से ओतप्रोत है। बाबा ने कई बार गुरू के किस्से भी सुनाए लेकिन एक बार भी अपने गुरू का नाम नहीं बताया। फिर भी साईनाथ के गुरू को प्रणाम। क्योंकि,–

''जिसकी रचना इतनी सुंदर, वह कितना सुन्दर होगा?''

कबीरदास जी की भी न तो कोई जाति थी और न कोई धर्म। पहनावा मुस्लमानों जैसा और बातें संत–पंडितों की एवं उन्होंने गुरू भी बनाया तो एक हिंदू को। बड़े–बड़े संतों ने अपने आचरण द्वारा ही समाज में समानता और एकता का पाठ पढ़ाया। कबीर भी गुरू के लिए भटके जबकि बचपन से ही उनके मुख से ज्ञान गंगा बहती थी।

जब बात गुरू–शिष्य परंपरा की होती है तो एकलव्य के बिना अध्याय अधूरा होता है, क्योंकि जो गुरू के प्रति निष्ठा और भाव एकलव्य का था, वह इतिहास में बाद में देखने को न मिला। जब तक नियत गुरू न मिले, अपने आपको भी एकलव्य की तरह उस 'अदृश्य शक्ति' के

हवाले कर दो। जो अंधेरे में भी साये की तरह हमारे साथ चले। हमें गुरू के प्रति अनन्य निष्ठा रखनी चाहिए, लेकिन आज के युग में गुरू द्रोण कौन बन सकता है। उस वक़्त के गुरू द्रोण के भी दो रूप थे। एक तो सबको पता है कि आपसी प्रतिस्पर्धा या जातिगत भेद (कहीं ऊपरी दबाव?) के कारण एकलव्य का अँगुठा ले लिया था और दूसरा यह कि उन्हें पता था कि उनका ही एक शिष्य उनका वध करेगा, यह जानकर भी उसे शिक्षा और ज्ञान प्रदान किया। एक तरफ एकलव्य का गुरू के प्रति समर्पण तो दूसरी तरफ द्रोण की गुरूमहिमा। साधना और निष्ठा एकलव्य जैसी जरूर हो लेकिन आज के युग में गुरू भी सोच समझकर बनाना चाहिए।

आज के संदर्भ में :–

गुरू द्रोण और एकलव्य कलयुग में फिर मिले। इस बार भी गुरू द्रोण ने एकलव्य को अपने पास नहीं रखा। जैसे–तैसे एकलव्य ने अपना लक्ष्य प्राप्त किया। फिर एक दिन गुरू को संदेश भेजा कि,– ''मैंने अपना लक्ष्य पा लिया है। आप ही मेरे मार्गदर्शक और प्रेरणास्रोत हैं''। और अपना बचा हुआ अंगूठा पीछे छुपा लिया।

द्रोण ने कहा,–''ऐसा कलयुग में नहीं होता।'' एकलव्य ने कहा,– ''कोई बात नहीं। आप मत मानिये मेरी आपके प्रति आस्था है। मैं आपको गुरू मानता हूँ।'' द्रोण ने कहा,–''ठीक है, अब गुरू दक्षिणा देने का वक़्त आ गया है।'' इस बार एकलव्य ने अपना हाथ पीछे छुपा लिया। द्रोण ने पिछली बार का लिया हुआ अंगूठा वापस करते हुए कहा,–''तुम वचन दो, कोई तकनीक (कलयुग में तकनीक ही सब कुछ है।) का उपयोग नहीं करोगे।'' **ऐसा कहते हुए गुरू द्रोण ने अब की बार एकलव्य का 'नेट' का कनेक्शन भी काट दिया।**

यह व्यंग्य नहीं है, लेकिन गुरू शिष्य के बाद 'टीचर और स्टूडेंट' परंपरा का एक किस्सा है। जिनका रिश्ता सिर्फ़ 'अर्थ' पर ही टिका है। मूलभाव त्याग और समर्पण, निष्ठा ग़ायब हो चुकी है। अब न वह गुरू द्रोण जैसे गुरू मिलते हैं, न एकलव्य जैसी आस्था। फिर भी, कलयुग में कोई तो है जो तारों के बीच चाँद जैसा है।

मेरे गुरू! मेरे साई को प्रणाम।

कभी लगता है मैं उसे संपूर्ण जानता हूँ। उसकी पूर्णता से अवगत हूँ, लेकिन जो सृष्टि का रचनाकार है, उसकी दिव्यता को कौन जान पाया है। उसके अनंत आकाश के एक सिरे से भी अंजान हैं हम....।

गुरू के बिना मानव जीवन का हर एक अध्याय अधूरा है।

10
डॉक्टर ड्रीम

एक साहब थे। कई सालों की मेहनत के बाद बड़े आदमी बने। बड़े होकर लोगों की सेवा करने लगे। सबकी तकलीफ़ दूर करते। उन्हें लगता,– ''दुनिया में कितनी दुःख तकलीफ़ है। दर्द है, सब दुःखी हैं। उफ्फ..''। उनसे किसी का दुःख दर्द देखा नहीं जाता। सोचने लगे,–''क्यों न इन शरीर से दुःखी इंसान को छुटकारा दिला दिया जाए। न रहेगा बांस, न बजेगी बांसुरी''। वह उन्हें 'नींद' का इंजेक्शन लगाकर सुलाने लगे और बहुत ख़ुश हुए।

''पता है उनका नाम क्या था ? ''डॉक्टर डैथ''। मतलब जो शरीर से दुःखी इंसान का दुःख दर्द देख नहीं पाए। उन्हें छुटकारा दिला दे। ''ड्रीम डॉक्टर'' से अंजान। डॉ. डैथ।''

''लेकिन ड्रीम डॉक्टर कौन''?

''जो सपने में आकर 'ट्रीटमेंट' करते हैं। जिससे मिलने के बाद दुःख कभी पास न आए। मेरे साई, और कौन''? डॉ. डैथ को लगा कि जो लाइलाज हैं उन्हें शरीर से छुटकारा दिलाकर वह 'समाजसेवा'

कर रहे हैं। (हम भी कुछ स्वार्थी कार्यों को समाजसेवा का नाम दे देते हैं। जहाँ हमारा काम भी हो जाए और नाम भी।)

बात 'ड्रीम डॉक्टर' के पास पहुँची। उन्हें भी अजीब लगा। ''यह क्या हो रहा है कि, किसी का दुःख–दर्द नहीं देखा जा रहा है तो मतलब अपनी ''आँखें बंद कर लें या उसकी आँखें बंद कर दें''।

रात को 'समाजसेवी' डॉक्टर के सपने में आकर पूछा,–''यह तुम क्या कर रहे हो ? यह तुम्हारा काम नहीं है। तुम्हारा काम है सेवा करना, दुःखी इंसान को अंतिम सांस तक हिम्मत बंधाना। उसका इलाज करना।''

''लेकिन जिसका इलाज असंभव हो, वह क्या करें? क्या उन्हें भी उसी हाल में छोड़ दें''?

''नहीं। दुःखी मानवता की सेवा करना इंसान का परम धर्म होना चाहिए। काश! तुमने श्रद्धा और सबूरी के दो मंत्र पढ़े होते, तो आज कुछ को नया जीवन मिल जाता और वक़्त हर जख़्म का मरहम है। यदि तुमने इन्हें भोगों से पूर्व छुटकारा दिला भी दिया तो इन्हें अपने कर्मों का फल अगले जन्म में भुगतना पड़ेगा। हो सकता है कुछ समय पश्चात इनके कर्मफल समाप्त हो जाएं, और यह ठीक भी हो जाए। जिसको जब मृत्यु आनी है, वह तो आएगी ही, लेकिन तुम इनका कारण क्यों बन रहे हो ?' इन्हें भी श्रद्धा–सबूरी के साथ जीना सिखाओ।' मुझे समझ नहीं आता कि तुम्हें, मुझे बार–बार नया पाठ क्यों पढ़ाना पड़ता है। **कभी हड़ताल कर देते हो तो कभी अपनी मांगे मनवाने के लिए इलाज बंद कर देते हो। कम से कम इस सेवा क्षेत्र को तो हड़ताल से दूर रखो। माँगे मनवाने के और भी तरीक़े हैं।** यह सब तुम्हारे लिए नहीं हैं। तुम्हें किस चीज की कमी है।

''लेकिन फिर भी कहीं–कहीं लोग स्वयं आत्महत्या जैसा क़दम उठाते हैं। उनके लिए क्या ? **केवल जीवित रहना तो कोई उपलब्धि नहीं''?**

डॉ. ड्रीम ने कहा,–**''जीवित रहना उपलब्धि नहीं है, लेकिन जीवन को जान लेना ज़रूर उपलब्धि है।** आत्महत्या समस्या का समाधान नहीं है। आईना बदलने से चेहरा नहीं बदल जाएगा। कर्म बदलने से तकदीर बदलती है। अच्छा कर्म करो। दूसरी दुनिया में जीने के लिए शरीर बदलना ज़रूरी नहीं है और रास्ते खुलेंगे। जो यह सोचते हैं कि जीवन और नहीं। **उनके लिए एक ही मंत्र है कि कुछ दिन बाद प्राथमिकता बदल जाती है।''** फिर 'डॉ. डैथ' को स्वप्न में ही डॉ. पिल्लई और आमड़ेकर की कहानी सुनाई जिन्होंने बाबा के होते हुए भी अपने जीवन के सात साल मुश्किलों में गुज़ारे और अंततः कठिनाइयों पर और दर्द पर विजय पाई।

सुबह जब 'डॉ. डैथ' की नींद खुली तो उनके अंदर का 'डॉ. लाईफ' जाग चुका था। उन्हें रात के 'ड्रीम डॉक्टर' के शब्द याद आए, कि **यह तो कर्मफल हैं, यह अध्याय अगले पड़ाव के लिए बाक़ी न रहने दो। इसको सहने के बाद ही तो सुनहरा भविष्य लिखा जाता है''।**. दूसरे दिन जब डॉक्टर ने सब मरीजों से कहा कि, ''आप सब जल्दी ठीक हो जाएंगे''। तो उनके चेहरे पर मुस्कान आ गई। तीसरे दिन डॉक्टर हतप्रभ थे, जब उन्होंने देखा कि यह सारे गंभीर बीमारी वाले मरीज अपनी चादर हटाने लगे। एक मरीज ने अपनी चादर हटाई, उसे निराशा की गंभीर बीमारी थी। वह भी आशा के साथ उठ बैठा। दूसरे ने भी अपनी चादर हटाई, उसे शक था कि उसे कोई बीमारी है। एक सबके सामने डिप्रेशन की बीमारी का बखान कर अपना इम्प्रेशन जमाता, तो कुछ मन के हारे, तनावग्रस्त, अभावग्रस्त और भी इस तरह के, कई मरीज अपने **मन पर जमा बीमारी की चादर** हटा चुके थे।

जब डॉक्टर ने सबके कंधे पर हिम्मत का हाथ रखा, तभी दरवाज़े पर एक और आवाज़ आई। सामने एक नया मरीज़ खड़ा था। एक हष्ट–पुष्ट नौजवान। उसने कहा,–''डॉ. साहेब, मैं जीना नहीं चाहता''। वह बेचारा और गंभीर बीमारी से ग्रस्त था। ''आत्मविश्वास की कमी''। डॉ. साहब और बाकी मरीज़ हंस रहे थे। जब डॉक्टर ने तस्वीर में 'ड्रीम डॉक्टर' की ओर देखा तो वह भी मंद–मंद मुस्कुरा रहे थे, जैसे कह रहे हों, ''इसे भी 'भर्ती' कर लो। हमारे पास इसका इलाज भी है''।

11
उपवास और धमकी पत्र

और देखिये, इस मार्ग पर भटके दो साधक क्या गुल खिला रहे हैं। एक भगवान के नाम पर लोगों को धमकी दे रहा है तो दूसरा आँखें खोलकर धूल खा रहा है। ''आँखें खोलकर धूल खा रहा है? यह कैसे हो सकता है।'' हां। उपवास के नाम पर तन को तकलीफ देना और अपने मार्ग पर स्वयं कांटे बोना धूल खाने के समान ही तो है। उपवास किसका। तन का, या मन का? आराम पेट को या कटु जुबान को? जो बुरी बात कहने में एक दिन का उपवास नहीं रखती। उपवास के नाम पर पेट को सजा, बाक़ी कार्यक्रम यथावत् चल रहे हैं। एक कृपा पाने के लिए बार–बार मंदिर या तीर्थ जाता और फिर भी कृपा नहीं हुई तो भगवान के नाम के प्रचार के पर्चे छपवाकर उनके नाम की धमकी देता। कहता,–''उसका संदेश''–''प्रचार करो। सौ परचे, सौ लोगों में बांटो। दस हजार की लाटरी या नौकरी मिलेगी''। और नीचे लिखा रहता, ''जिसने नहीं किया, उसका बुरा हाल''। एक व्यक्ति ने तो इस समस्या से बचने के लिए अनुष्ठान हेतु संपर्क सूत्र भी दे डाला। दूसरा साधक ब्राह्मण था। (ब्राह्मण मतलब जो ईश्वर के ज़्यादा करीब होता है।) वह ईश्वर से तो दूर था, लेकिन संसार के ज़्यादा

करीब था। उसने सुन रखा था कि, ''उपवास से भगवान ज़्यादा प्रसन्न होते हैं''। उसने उपवास शुरू कर दिये। भूखे रहकर तन का उपवास तो कर लिया, लेकिन मन का उपवास नहीं किया। कर्म और विचार का, अर्थात हमारी आँखे क्या देख रही हैं। हम क्या कर रहे हैं। हमारे कर्म क्या हैं?

पहले साधक ने सौ पर्चे छपवाये, सबको बाँटे। कुछ ने लिए, कुछ ने ना कर दी, किसी ने नदी में डाल दिये। बाक़ी पैर में आ रहे हैं। कहीं–कहीं तो भोजन के पात्र के रूप में काम आकर उन पर जूठन भी पड़ी है। जिस पर देवी–देवताओं की तस्वीर लगी हुई थी। फिर भी पर्चे का प्रचार जारी है। तब एक परचा साई के पास शिरडी भी पहुँच गया। उन्होंने सुना तो पता चला कि ''प्रचार के नाम पर हमारे नाम की लोगों को धमकी दी जा रही है। अब इन लोगों का क्या करना चाहिए। इन लोगों को तो 'पगडंडी' पसंद है। स्वयं ख़र्चा करके तो शिरडी भी नहीं आएंगे। इन्हें कैसे बुलाएं?''

उधर साधक ने आख़िरी परचा बचा था वह मंदिर के पास खड़े किसी व्यक्ति को थमा दिया। तब परचा लेने वाले के साथी ने अपने साथी के कान में धीरे से कहा,–''यह जो उसने तुझे परचा दिया है, उसे वापस कर दें, क्योंकि इसमें धमकी लिखी है कि, सौ पर्चे नहीं छपवाये तो अच्छा नहीं होगा।'' उस व्यक्ति ने साथी के कान में जोर से पूछा–''किसने धमकी दी?'' साथी ने भी फिर जोर से कान में कहा, ''जो मंदिर में बैठे हैं उन्होंनें, और किसने।'' सब उनकी ओर देख रहे थे। उसने वह पर्चा निकाल कर वापस साधक को दे दिया। दोनों एक दूसरे का मुँह देख रहे थे। यह बात और थी कि दोनों ने नहीं देखा कि, कौन सा पर्चा लिया गया और कौन सा वापस दिया गया। दोनों अपने–अपने रास्ते निकल गये।

अब साधक ने देखा, ''आख़िरी पर्चा बचा है, कोई नहीं ले रहा है मैं रखूंगा तो फिर सौ पर्चे छपवाने पड़ेंगे। क्यों न इसमें पत्थर डालकर

नदी में फेंक दूं''? जब उसने पर्चा खोला तो उसे लगा कि यह वह पर्चा नहीं है, लेकिन, 'यह क्या है?' उसने देखा तो वह शिरडी यात्रा का टिकट था। ''लेकिन वहाँ जाकर क्या करूंगा? मैंने सौ पर्चे छपवाकर बांट दिये हैं। आठ दिन में तो मेरी लाटरी भी लग जाएगी। लेकिन यह तो मुफ़्त यात्रा का टिकट है''। उसे 'पगडंडी' पसंद थी। उसने सोचा, ''मुफ़्त में घूमने में क्या जाता है। आठ दिन में तो वापस आ जाऊंगा''। मुफ़्त में मिले टिकट से जैसे–तैसे शिरडी यात्रा पर घूमने निकला। रास्ते में सोच रहा था कि, ''उधर से आते समय तो ख़बर भी आ जाएगी कि लाटरी लग गई है।'' वैसे शिरडी में साई के दर्शन करना किसी लाटरी से कम नहीं होता। जिनके दर्शन मात्र से विचारों में परिवर्तन होने लगता है।

वह शिरडी पहुँच गया लेकिन उसे पता नहीं था कि वह यहाँ क्यों आया है ? ''वह इसी मार्ग का साधक था लेकिन अपने मार्ग से भटक गया था, साई को भी भूल गया था। यह तो साई की ही लीला थी कि जैसे–तैसे उसे शिरडी बुलवा लिया, वापस रास्ते पर लाने के लिए। जब साई से सामना हुआ तो साई ने पूछा,–''साधक तुम लोगों को मेरे नाम की धमकी क्यों देते हो?''

साधक ने पूछा–''आप कौन?''

''मैं साई, साईबाबा। बाबा मतलब पिता। तेरा रक्षक।''

''मेरे रक्षक? आप मेरे रक्षक हैं? तो मुझ पर इतनी विपदा क्यों आई? क्या कभी मुझ पर आपकी दया होगी''?

''मैं दया नहीं कृपा बरसाता हूँ।'' साई ने कहा।

साधक ने कहा,–''आप कुछ भी बरसाओ, लेकिन मेरी आँखों से आँसु न बरसाओ।''

''और कभी आँसु ख़ुशी के हुए तो?'' साई ने कहा।

''क्या ऐसा होगा?'' साधक ने पूछा।

''हाँ। रोज ही शिरडी हँसता है, जब मेरा प्यार बरसता है।'' फिर आगे कहा,– ''लेकिन तुम अपने मार्ग से भटक गये हो।'' साई ने पर्चा दिखाते हुए पूछा,– ''यह क्या है?'' पता है इसका कितना दुरुपयोग होगा, और समाज में क्या संदेश जाएगा? इसके दुष्परिणाम जानते हो।''

साधक ने बाबा के पैर पकड़ते हुए कहा,–''मुझे क्षमा कर दीजिए बाबा। मुझसे ग़लती हो गई। **मैं साधक धर्म की परिभाषा भूल गया था। मैं स्वयं को 'भक्त' समझने लगा था।** अब मुझे इस बात का एहसास भी है और पछतावा भी, कि मेरे द्वारा वितरित किए गये परचे, जिसमें देवी–देवताओं की तस्वीरें छपी हैं उनका अपमान भी हो रहा है। और कहीं–कहीं तो पैरों तले भी रौंदे जा रहे हैं। मैं आगे से इस प्रकार के कृत्य से बचूंगा।''

साई ने पूछा–''लेकिन तुम इस प्रकार के कार्य के लिए प्रेरित कैसे हुए?''

इससे पहले कि पहला साधक कुछ बताता द्वारकामाई के द्वार पर दूसरा साधक आ गया, जिसने उपवास के नाम पर भूख हड़ताल कर स्वयं को भक्त की पदवी दे रखी थी। आते ही कहने लगा–''बाबा यह तो आपके हाथ में छोटी सी मछली लगी है। तालाब तो मगरमच्छ के कारण गंदा हो रहा है। समाज में धर्म के नाम पर चंदा हो रहा है। सौ पर्चे, सौ लोग, दस हजार की लाटरी का तात्पर्य है लागत शून्य, शून्य मेहनत, और मुनाफ़ा हजारों में।''

बाबा समझ गये कि यह 'तालाब' गंदा कौन कर रहा है, लेकिन इसके लिए तो बड़ा जाल बुनना पड़ेगा''। अभी तक 'स्थिर' साई

द्वारकामाई में चहलकदमी करने लगे। कहने लगे–''**तरीक़ा ठीक नहीं है। प्रचार का हो या धर्म के नाम पर सेवा का।** लेकिन तुम कौन हो? और यह अपना क्या हाल बना रखा है।''

साधक ने कहा,–''बाबा, मैं आपका भक्त हूँ।''

''भक्त''। हाँ...। यही शब्द तो था। लेकिन उसके लिए यह केवल एक ढाई अक्षर का शब्द नहीं था। एक सुरक्षा का आवरण था। एक मज़बूत कवच। उसी कछुए की खोल की तरह, जो कभी खतरे का एहसास होने पर स्वयं को उस मजबूत खोल में छुपा लेता है। यह 'भक्त' शब्द भी उस साधक के लिए कछुए की मज़बूत खोल की तरह ही काम करता था। जो ग़लत, या ग़लती करने के बाद भी कहता था कि ''मैं तो भक्त हूँ। मैं ऐसा कैसे कर सकता हूँ।'' आगे उस कथित भक्त ने कहा,– ''बाबा, मैं उपवास पर हूँ। मैंने आपके कई उपवास किए, लेकिन आपकी कृपा नहीं हुई। ऐसा क्यों बाबा?''

साई ने कहा,–''आज जो तू द्वारकामाई की सीढ़ी चढ़ गया है, यही तो कृपा है। यह तो अच्छी बात है तूने कई उपवास किये, लेकिन तूने भी वहीं उपवास किये जो सब करते हैं और जो करने के थे, वह किये नहीं।''

''नहीं बाबा। ऐसा कोई उपवास नहीं जो मैंने नहीं किया है। सप्ताह में चार दिन, नवरात्रि, शिवरात्रि और एकादशी, सब तो करता हूँ। पेट को अन्न का एक दाना भी नहीं देता। जो हमारे ग्रंथों में भी लिखा है, और हमारे संत महात्मा भी यही कहते हैं। ''साधक ने गर्व से कहा।

''इंसान बहुत समझदार है। जो अपने काम की बात हो, सुलभ हो वही सुनता है। **उपवास मन का करना होता है, बुरे कर्मों का करना होता है लेकिन उपवास के नाम पर पेट को सज़ा दी जाती है।** कहा गया कि ब्याज नहीं खाना तो सुन लिया प्याज नहीं खाना और प्याज बंद, ब्याज चालू। ब्याज खाता रहता है।'' फिर दूसरे साधक की ओर देख कर कहा,–''फिर ईश्वर का प्रचार करते हुए इतना लीन हो जाता है कि पैरों तले उनका अपमान होता देखकर भी अनजान बना रहता है।''

''अब तुम एक काम करो, यह पेट का उपवास बंद करो। उसे सज़ा मत दो। उपवास करो बुरे कर्मों का, बुरे विचारों का, तुम्हारी आँखे क्या देख रही हैं अच्छा या बुरा, यह भी उपवास है। **अपनी जुबान को भी अपशब्दों और कड़वे वचन से मुक्ति ही उपवास की सही परिभाषा है और इसी जुबान पर ईश्वर का पूरे दिन नाम स्मरण ईश्वर की सच्ची उपासना है।** फिर सबको बताना कि आज मेरा उपवास है। मैं न बुरा बोलूंगा, न करूंगा। और एक दिन ही क्यों ? यह उपवास तो हमें रोज करना चाहिए और इस पथ पर अग्रसर

हो तुम उस परम पिता के कृपापात्र बन जाओगे।'' फिर उसे कबीरदास जी के एक दोहे का मतलब समझाया।

''हिंदू वृत एकादशी साधे, दूध सिंघाड़ा सैती।
अन्न को त्यागे, मन को न हटके, पारण करै सगौती'' ।।

बाबा उसे इस तरह उपवास का सही अर्थ समझा ही रहे थे कि तभी शामा ने आकर बताया कि, ''आपकी एक भक्त और आई है, श्रीमती गोखले जिनके उपवास चल रहे हैं और उन्होंने हठ के साथ कहा है कि जब तक आप उन पर कृपा नहीं करेंगे वह आपके चरणों में बैठकर उपवास करती रहेगी''।

बाबा ने कहा,–**''सारे साधक अब भक्त हो गये हैं। कोई साधक बनकर रहना भी नहीं चाहता। सब इस ज़िम्मेदारी से मुक़्त होना चाहते हैं। भक्त का तमगा मिलते ही अपनी जिम्मेदारी भूल जाते हैं, लेकिन अधिकार याद रहते हैं। चाहे वह अपने कर्मक्षेत्र में न आते हों।''** फिर गहरी सांस लेते हुए आगे कहा,– ''ठीक है, उन्हें भी आने दो।''

12
कहाँ बिठाऊं तुम्हें...?

कई जन्मों का रिश्ता :–

ईश्वर बहुत दयालु होता है। वह हमारे सगे संबंधियों को दूसरे जन्म में भी हमारे आसपास ही कहीं भेजता है। हम फिर नये जन्म में एक दूसरे से मिलते हैं। वह ऊपर वाला हमारी काया को तो पलट देता है। लेकिन आत्मा वही रहती है। नया शरीर, नये विचार, नये कर्म, और पूर्वजन्म की याद्दाश्त शून्य क्योंकि यह संसार यात्रा है बस आगे बढ़ते जाना। **यदि पूर्वस्मृति जागृत हो जाए तो व्यक्ति जन्म–जन्म के लोभ मोह छोड़ नहीं पाएगा।** इसलिए जो हमसे मिलें उनसे प्रेम और मित्रतापूर्वक व्यवहार करो। पता नहीं कौन किस जन्म का साथी हो जिसके लिए तुमने आँसू, बहाये थे और आज जब सामने आया तो पहचान नहीं पाओ।

साई कहते हैं कि–"ऋणानुबंध के कारण ही हमारा मिलन होता है। हम पिछले जन्म में भी सब साथ थे। तो मैंने इस जन्म में भी सबको साथ रख लिया। तुम्हारे बिछड़े अपने भी कहीं आसपास ही हैं"। साई सच्चरित्र में भी कई जगह

पूर्वजन्म के संबंधों का उदाहरण देकर बाबा ने बताया कि यह सब पिछले जन्म के साथी हैं। दो भाई, पति–पत्नी, बाबा का भक्त बाबू प्रधान आदि।

क्या हमनें हमारे आसपास कहीं ध्यान दिया। कहीं उनसे नफ़रत या शत्रुता तो नहीं जो पिछले जन्म के बंधु या साथी थे। क्या पता कब, कौन, कहाँ मिल जाए...!

दर्शन या प्रदर्शन :–

वह सुन सकता है जो हमारे बंद होंठ कह नहीं सकते। जो हमारी खुली आँखे देख नहीं सकती, वह हमें बंद आँखों से दिखा सकता है। फिर भी हम उसके सामने अपनी भक्ति का प्रदर्शन करते हैं।

यह बातें हमारे देश–प्रदेश में अक्सर देखने में आती हैं जब कोई कहता है कि, ''मैं यहाँ नमाज़ पढूंगा''। कोई कहता है कि ''मैं यहाँ आरती करूंगा।'' और फिर विवाद शुरू। ''दोनों एक साथ भी तो कर सकते हो, मुझे स्वीकार्य होगा।'' क्या वह इससे कुछ अलग कहेगा ? शायद नहीं। एक बार यही स्थिति बाबा के सामने उत्पन्न हुई, तब बाबा ने कहा,–''आप दोनों अपनी पूजा, प्रार्थना, नमाज़ बंद कर दें।'' तब दोनों समुदाय के लोगों को अपनी ग़लती का एहसास हुआ। तब से एक ही ज़गह आरती और नमाज के कार्यक्रम निर्विवाद चले आ रहे हैं। **और अगर मकसद ईश्वर प्राप्ति है तो किसी को फर्क़ नहीं पड़ता कि पास में पूजा हो रही है या नमाज़। वह हमारी आराधना में विघ्न नहीं डालती और बात जब गुरू भक्ति की हो तो आसपास का शोर भी शंख ध्वनि–सा प्रतीत होता है।**

यह बात कहाँ नहीं होती है। कहीं हमारे आसपास भी। कोई कहता,–''मैं यहाँ नमाज़ करूंगा''। कोई कहता,–''नहीं, मैं यहाँ

आरती करूंगा।'' और सामने खड़े ईश्वर को मूर्ति समझ कर भूल जाते हैं। लेकिन साई कहते हैं,–

''तुझमें, मुझमें, इसमें, उसमें क्यों करता तू भेद है ?
उसकी दया है सारे जग पर, सबका मालिक एक है।''*

यह बात बताने की नहीं है कि ईश्वर एक है। हम उसे हर पल, हर जगह महसूस भी करते हैं। हम किसी भी धर्म के अनुयायी से पूछेंगे तो वह यही कहेगा कि, ''ईश्वर सर्वज्ञ और सर्वव्यापी है। मतलब वह कण–कण में है और सब जानता भी है। हर इंसान, जीव, जंतु, पौधों और पत्थर में भी।'' कितना व्यापक दृष्टिकोण है, लेकिन बात जब धर्म की आती है तो मानसिकता में थोड़ा बदलाव आ जाता है। अपने धर्म का पालन करना, सम्मान करना सबका कर्त्तव्य होता है, लेकिन दूसरों के धर्म के प्रति भी क्या यह सम्मान रहता है ? कुछ लोग तो परधर्म निंदा और द्वेष को ही अपना धर्म समझते हैं और यही थोड़ा सा बदलाव समाज में बड़ा और बुरा बदलाव लाता है। समाज दो वर्गों में बंट जाता है। धर्म, जाति, क्षेत्रीयता के विषैले बीज बड़े होकर कंटीले बबूल का रूप ले लेते हैं। इन सबकी एक ही जड़ है और वह है अहंकार। एवं इसी अहंकार के वशीभूत होकर इंसान अपने ईष्ट या ईश्वर को सीमित और संकुचित दृष्टिकोण से देखता है।

जिसको प्रवेश के लिए किसी द्वार की आवश्यकता नहीं, जो निराकार है उसे किसी के प्रमाण की ज़रूरत नहीं। और जो विश्वव्यापी, सर्वज्ञ और संपूर्ण ब्रह्मांड में जिसकी सत्ता है, उसको घरौंदों की ज़रूरत नहीं, जिसे आप मंदिर कहते हैं या मस्जिद या अपनी इच्छानुसार कोई नाम दे देते हैं। क्योंकि वह तो हर एक दिल में बैठा है, और हमारी आती जाती सांसें उसका प्रत्यक्ष प्रमाण हैं।

---

*भक्तिगीत

मूर्ति स्थापना की सबसे अच्छी जगह है अपने मन के मंदिर में। मन के मंदिर में प्रतिष्ठित ईश्वर की जगह पर न कोई अतिक्रमण कर पाता है, और न ही किसी की बुरी दृष्टि। जब चाहो मन के अंदर झांक कर दर्शन कर लो। न तीर्थ यात्रा का झंझट, न किसी के सहयोग की आवश्यकता। बस अंर्तमन की यात्रा चलती रहे, और हम अपने 'अंतरवाले' से मिलकर एक हो जाएं। हम जिस बात के लिए या किसी चीज के लिए सारी जिदंगी चिंतित रहते हैं, चाहे वह धन हो या जमीन, या धर्मस्थल, कि हम कहें, ''यह तो हमने ईश्वर की स्थापना के लिए किया है''। उनके लिए न तो उसका कुछ मूल्य है और न ही उससे ईश्वर को मोह या लगाव ही रहता है। वह तो आपके हृदय में स्थान चाहता है उसे स्वच्छ रखो।

यह बात केवल शब्दों में नहीं। यदि धर्मग्रंथों की बातों पर विश्वास करें कि, स्वप्न में ईश्वर दर्शन होना मतलब साक्षात् ईश्वर दर्शन ही है तो यह दृष्टांत सुनिये। एक बार मैंने बाबा से शिकायत की कि–''हे बाबा! जो गाँव में देवीजी का मंदिर है, उसके पूरे परिसर के आसपास अतिक्रमण कर भूमि को काट लिया गया है, कुछ कीजिए।'' दो दिन बाद मैंने सपने में देखा उसी मंदिर के बाहर भगवान विष्णु साक्षात् खड़े हैं। मैंने कहा,–''भगवान यह क्या हो रहा है। इतनी जमीन थी, पूरी काट ली गई है। कब्जा हो गया है। कुछ कीजिए।'' उन्होंने कहा,–''मां दिल में है ना? बस। हमें उस जगह की जरूरत नहीं। छोड़ दो।'' (लेकिन पुरुषार्थ मत छोड़ो। हमें देश, काल और परिस्थिति के अनुसार पुरुषार्थ अवश्य करना चाहिए।) और स्वप्न समाप्त।

मैंने सुबह उठकर इस बात को नज़रअंदाज किया, कि–''शायद मैं इस बारे में सोचता हूँ। इसलिए ऐसा स्वप्न आया होगा।'' इन शब्दों में विश्वास तब बढ़ा, जब घर से निकलते हुए मैंने साई सच्चरित्र उठा के सोचा, कहीं से एक लाईन पढ़ लूं। वहाँ लिखा था–''**मेरे वचन**

कभी असत्य नहीं निकलते।'' और एक जगह **''विष्णु सहस्त्रनाम''** का ज़िक्र था। ''क्या इसे भी नज़रअंदाज कर दें।'' यह कलयुग है, यहाँ ईश्वर दर्शन और उनके दिशा निर्देश स्वप्न में ही संभव हैं। **भारत के महान गणितज्ञ रामानुज अपने मन में उमड़ रहे जटिल प्रश्नों के उत्तर अपने ईष्ट द्वारा रात्रि स्वप्न में ही प्राप्त किया करते थे। यह अध्यात्म और विज्ञान (या गणित) के समन्वय का श्रेष्ठ उदाहरण है।**

हम थोड़ा ईश्वर को समर्पित होते हैं तो ईश्वर हमारे सामने अपना स्वरूप प्रकट करने लगता है और दूसरा ऊपर वाले की बातों को समझने का एक ही रास्ता है, वह है हमारे धर्मग्रंथ और वेद पुराणों पर विश्वास। नहीं तो आँखों पर अहंकार और अविश्वास की पट्टी बांधकर भटकते रहो कि ''मेरा ईश्वर कहाँ है?''

जिस उद्देश्य के लिए साई का आगमन हुआ, वह उसका ऐसा कोई अवसर नहीं छोड़ते जिससे मानव मन आपस में मिल जाए एवं उस ईश्वर का दर्शन, जो कि सब के रग–रग में बसा है, उसका एकीकरण भी भौतिक रूप से एक ही जगह हो जाए। बात मोहर्रम की हो, रामनवमी या गुरु पर्व हो या कोई अन्य त्यौहार, बाबा ने विशेषकर हिंदू–मुस्लिम एकता के लिए हमेशा प्रयास किये। तथा जो ईश्वर में भेद करते थे उनको भी स्वप्न द्वारा या किसी को प्रत्यक्ष दर्शन देकर उनकी मनोवृत्ति परिवर्तित कर दी। किस धर्मस्थल पर ऐसा होता है जहाँ रामायण का पाठ भी हो जाएं और उसी जगह कुरान की आयतें भी पढ़ ली जाऐं। या गुरुवाणी की अरदास, या घंटी के शोर में अजान भी सुनाई दे। यह सब सिर्फ़ साई की द्वारकामाई में ही अनुभव किया जा सकता है।

बाबा ने रामनवमी उत्सव के साथ ही उसी जगह से मोहर्रम पर्व की शुरुआत भी की थी। पहली बार बाबा जब शिरडी आए थे, तब म्हालसापति ने खंडोबा मंदिर में आने से उन्हें मना कर दिया था कि,–

''आप मुसलमान हैं मंदिर में कैसे रह सकते हैं''? तब म्हालसापति को भी इस बात का भान नहीं था कि वह द्वारकाधीश श्रीकृष्ण को आज इस रूप में मंदिर में प्रवेश के लिए मना कर रहे हैं। बाबा ने कोई प्रतिक्रिया नहीं की और शिरडी गाँव की पुरानी, टूटी–फूटी मस्जिद को अपना निवास बनाया। मस्जिद को नाम दिया द्वारकामाई (एक दर, एक द्वार, श्रीकृष्ण की द्वारका जहाँ तीनों तरफ समुद्र है और वहाँ पहुँचने का रास्ता या द्वार एक ही था)। शायद यह साई की पूर्व नियोजित रचना का हिस्सा ही थी। वह उसी मस्जिद को राम का निवास बनाकर एक ही जगह रामनवमी, मोहर्रम, उर्स मनाकर एकता का संदेश देना चाहते थे। साई को मंदिर में प्रवेश के लिए निषेध लागू करने वाले म्हालसापति के लिए अब पीर–फ़कीर रूपी साई ही साक्षात् खंडोबा थे। वह अब मंदिर और मस्जिद के भेद की सीमा लांघ चुके थे। साई सच्चरित्र के अनुसार वहीं मस्जिद में बाबा ने एक भजन मंडली की महिला को मस्जिद वासी राम के रूप में दर्शन देकर और उसके पति को स्वप्न में दर्शन देकर उनकी मुस्लिम पीर फकीरों के प्रति जो दुर्भावना थी, वह बदल दी एवं उन्हें उज्जवल भविष्य की राह दिखाई। इसी मस्जिद में एक डॉक्टर साहब को राम रूप में दर्शन देकर उनकी भगवान राम के प्रति निष्ठा बढ़ाई। एवं एक बूढ़े हाजी का घमंड चूर–चूर किया कि,–**''इस मस्जिद की सीढ़ी अहंकार और भेदभाव की गठरी का बोझ लेकर नहीं चढ़ी जा सकती।''**

बाबा ने कहा था कि,–''जो मेरे अपने हैं, मैं उन्हें दूर–दूर से दलीलें देकर बुलाता हूँ, क्योंकि यह कई जन्मों का रिश्ता है।'' और जिनकी क़िस्मत में नहीं था साई का साथ पाना, वे शिरडी में रहकर भी साई और उनकी द्वारकामाई से कोसों दूर थे। ऐसे ही कुछ लोग शिरडी में भी थे, जो बाबा के विरोधी थे, जो नहीं चाहते थे कि **साई का संदेश,–'सबका मालिक एक' जन–जन तक पहुँचे,** क्योंकि जन एकता अगर जनमानस में व्याप्त हो जाए तो कुछ लोगों को स्वार्थ सिद्धि में बाधा उत्पन्न हो सकती है।

यह आज के समय में भी यही हो रहा है। अगर साई का संदेश जन–जन तक पहुँचे तो व्यक्ति धर्म, जाति और भेदभाव को भूलकर हर इंसान और हर धर्म में अपने ईश्वर का दर्शन कर सकता है। देश और समाज एक नये सिरे से विकास की ओर अग्रसर हो सकता है।

बाबा ने सबको एक रास्ता दिखाया, लेकिन अलग से अपना कोई धर्म नहीं बनाया। **क्योंकि धर्म लक्ष्य नहीं हो सकता। धर्म साधन है, धर्म वह रास्ता है जो हमें ईश्वर तक ले जाता है, ईश्वर से जोड़ता है। और जो ईश्वर से जोड़ता है वह इंसान को एक दूसरे से अलग कैसे कर सकता हैं? टकराव तब होता है जब हम धर्म को लक्ष्य और ईश्वर को 'साधन' समझ लेते हैं। धर्म तो हमें एक चींटी जैसे छोटे जीव पर भी अत्याचार करने से रोकता है। तभी तो जैन धर्म में अहिंसा परमोधर्मः कहा गया है। साई ने कहा,–"कैसे भी उस तक पहुँचो, लेकिन याद रखों,–**

धर्म सभी के नेक हैं, रस्ते यहाँ अनेक हैं।
सबकी मंज़िल एक है, सबका मालिक एक है"*।

आगे देखिये नीम के पेड़ की व्यथा, जहाँ साई के बैठने के बाद वह भी धन्य हुआ और उसके नीचे सब भूल जाते हैं "तेरे–मेरे"। तथा भारत यात्रा में धर्म किस प्रकार भारत को भारतवर्ष बनाने में कामयाब हुआ। न हथियारों का द्वंद, न आपस में द्वेष। धर्म यात्रा, जो भारत यात्रा बनी विशाल भारत की। **वर्तमान सीमा से बाहर जाइए और महसूस कीजिए असीमित भारतवर्ष को।**

---

*भक्ति गीत

13
‘साई का नीम का पेड़’

''इतना बड़ा और इतना फैला था।
रस जैसे मेरा कड़वा करेला था।
कोई आकर पैर मारता,
कोई आकर पत्थर मारता।
इतनों की भीड़ में भी मैं अकेला था।
न कोई पूजता, न कोई पूछता,
अपनों और बेगानों की आँखों में भी मैं चुभता था।''

व्यथा है ये एक नीम के पेड़ की।
दूसरी दुनिया के बीच मेरे जेहन की।

याद है मुझे, जिस दिन तूने मुझ पर हाथ फेरा था।
पत्ती, डाली, पराग झूम उठे...।
बसेरा तेरा मेरे नीचे...?
या मेरा बसेरा नीचे तेरे था...?

'अल्प' को 'कल्प' बना दिया। रस को अमृत बना दिया।
पास से आती लोबान की खुशबू,
तेरी चिलम की याद दिलाती है।

फिर कहीं आसपास देखता हूँ,
क्या तुझे भी मेरी याद आती है...?

जब होती है पत्तों की सरसराहट,
लगता है वह भी मुस्कुरा रहे हैं,
सोच के यह खुश मैं भी हो जाता हूँ
कि बसेरा बदला नहीं..।
आज भी मेरा बसेरा नीचे तेरे...।
और तेरा बसेरा नीचे मेरे...।
''आशीष'' से तेरे, लोग आकर नीचे मेरे,
भूल जाते हैं बाते उनके बीच की 'तेरे–मेरे'।

14
भारत यात्रा

यहाँ भारत यात्रा से तात्पर्य देश के पर्यटन स्थलों या धार्मिक स्थलों की सैर कराना नहीं है। यह एक वैचारिक यात्रा है, जो अतीत को सहेजती है और वर्तमान को संरक्षित कर उज्जवल भविष्य का निर्माण करती है।

''साई सफ़र अर्थात् भारत यात्रा।'' ''हाँ'', दोनों एक ही कर्मपथ पर चलती हैं, मतलब दोनों जोड़ती हैं। दोनों यात्राओं का यही कहना है कि हम अपनी सीमा से आगे आएं और अपनी सीमा पहचानें। मन में तेरा–मेरा की सीमा और समाज में भेदभाव की सीमा से आगे। जैसे–जैसे आप भारत यात्रा के अतीत में जाएंगे, वैसे–वैसे आपका सीना भी गर्व से चौड़ा होता जाएगा। क्योंकि देश की सीमा भी चौड़ी होती जाएगी। घटती जाएगी तो वह दूरी जो देश के एक सिरे से शुरू होकर दुनिया घूमते हुए देश के दूसरे छोर तक पहुँचने में लगेगी। लगने लगेगा आधी दुनिया तो भारतवर्ष की ही है, और वह उसी की संस्कृति, भाषा, प्रथा, सभ्यता, धर्म और भारतीय दर्शन में अपने को उपकृत मान रही है। हम यहाँ भारत को 'भारतवर्ष' के नाम

से संबोधित करेंगे। जिस प्रकार 'प्रकाशवर्ष' अंतरिक्ष में दूरी की इकाई होती है जो गृह, नक्षत्र और तारों की विशाल दूरी का बोध कराती है, उसी प्रकार 'भारतवर्ष' प्राचीन भारत की विशालता और उसके आधी दुनिया तक फैले अपने साम्राज्य का बोध कराएगा। (हो सकता है वैज्ञानिकों ने 'प्रकाशवर्ष' का नामकरण 'भारतवर्ष' के नाम के आधार पर ही किया हो।) यह विशालता इंसान द्वारा बनाई गई सीमा रेखा से ज्यादा संस्कृति, भाषा, प्रथा और भारतीय दर्शन की है। जो कोई सीमा नहीं मानती और जहाँ–जहाँ भारतीय पहुँचने लगे, वहाँ के निवासियों ने भारत को विश्वगुरू मान लिया।

सदियों से यात्राओं की यात्रा चली आ रही है। हर कोई यात्रा करता है। संत, महात्मा या देवता भी। हमारे देश में भी विदेशी यात्री आए। कोई व्यापारी बनकर तो कोई सोने की चिड़िया के दर्शन करने, कोई अध्यात्म की शिक्षा लेने तो कोई विश्वगुरू को नमन करने। यहाँ तक तो ठीक था लेकिन धीरे–धीरे यात्राओं का मकसद बदलने लगा। अंग्रेज आए, एक के बाद एक राज्य को अपने अधीन कर लिया। तो कोई धर्म का सहारा लेकर निकला, लेकिन यहाँ भी आने वाला सूरज कल को नई रोशनी न दे सका। कोई राजनीति के रथ पे सवार होकर यात्रा पर निकले, कहा कि,–''जनता के लिए या देश के लिए है।'' लेकिन यह यात्रा भी कोई सुखद अनुभव न दे सकी। **क्योंकि यात्राएं अपने लिए नहीं होती है। और जब यात्राएं अपने लिए नहीं होती, परमार्थ के लिए होती हैं। तो वे हर काल, युग, स्थान और हृदय में अपना निशान अवश्य छोड़ती है।** ऐसे ही कुछ यात्राओं के निशान वर्तमान भारत के दूर देशों में नज़र आते हैं। जो भारत के प्राचीन 'भारतवर्ष' का निर्माण करते हैं।

जब भारतीय अपनी यात्रा पर निकले तो उनके लिए यह एक साधना की तरह ही थी। उनके मन में न तो 'फूट डालो और शासन करों' की नीति थी, और न ही एक को दूसरे से दूर करने वाली

भेद की दीवार बनाने की मंशा। हाँ, यह भारत के वेद पुराणों, प्रथा, धर्म, संस्कृति और नीति का विस्तार अवश्य था। जिसके साथ भारत एक देश से दूसरे देश की सीमा लांघता हुआ विश्वगुरू के सिंहासन पर आरूढ़ हुआ। उन्हीं शासकों, विद्वानों और कारीगरों के हाथों की निशानियां विदेशों में भी कहीं धर्मस्थल, मठ या मंदिरों के अवशेषों के रूप में और उनके द्वारा जलाए गए ज्ञानदीप के रूप में आज भी नज़र आती हैं। और यह निशानियां मानव सभ्यता के समय से ही शुरू हो जाती हैं। **अर्थात शून्य से।**

जिस प्रकार साई की विचार क्रांति यात्रा शून्य से शुरू होती है वैसे ही मानव विकास क्रम में शून्य का बड़ा योगदान है। शून्य मतलब गोल। ''गोल पहिया''। यही स्थिति भारत के संदर्भ में भी है। शून्य और दशमलव गणित को भारत की ही देन है। उसके बाद ही दुनिया ने ज्योतिष शास्त्र, खगोल और गणित में क़दम रखा।

विश्व की सबसे प्राचीन सभ्यताओं में मिश्र, माया, हड़प्पा और मेसोपोटामिया की गिनी जाती है। इतिहास के विद्वानों ने यह सिद्ध कर दिया है कि विश्व की मानव जाति के संस्कार, भाषा, प्रथा, नीति और सभ्यता के जाने का रास्ता भारत से होकर ही जाता है। उदाहरण के लिए मिश्र की सभ्यता। यहाँ के आचार–विचार भारतीय लोगों से काफी मेल खाते हैं। फिर वह गृह नक्षत्र का इंसान के जन्म पर प्रभाव हो या पुर्नजन्म पर विश्वास। इसी 'आवागमन' पर विश्वास के कारण ही वह मृत व्यक्ति के साथ आवश्यक वस्तुएं रखते थे। (और आत्मा के साथ सत्कर्म।) जैसे हिंदुओं में जन्म से लेकर मृत्युपरांत तक सोलह संस्कार रहते हैं। इनमें से काफ़ी कुछ उनके रिवाज़ और प्रथाओं में समानता पाई गई है।

सभ्यता से आगे बढ़ते हुए भारतीय विद्वान और शासक अपने पथ पर चले तो जिस राज्य या देश में पहुँचे उसे अपने रंग में रंग लिया।

भारत के पास के बाली, जावा, कंबोड़िया, श्रीलंका, थाईलैंड, मालदीव, इंडोनेशिया क्या भारतीय उपनिवेश थे? हजारों साल पुरानी भारतीय सभ्यता और संस्कृति में या हमारे इतिहास में कहीं भी ऐसा उल्लेख नहीं है कि भारत ने कभी किसी राज्य या देश पर आक्रमण कर अपना प्रभुत्व स्थापित किया हो। **भारत के विस्तार में कहीं–कहीं तो रामायण के उस दृश्य की याद भी आ जाती है, जब भरत, राम के राज्य में प्रवेश करते समय कहते हैं कि, ''आइए। संभालिए अपना राज–पाठ। हम कितने बरस से आपके आगमन की प्रतीक्षा कर रहे थे।''**

और जब दक्षिण एशिया में चीन अज्ञान की गहरी निंद्रा में लीन था तब उसे भारत की ओर से ज्ञान की एक रोशनी की किरण दिखाई दी। तब वहाँ के शासकों ने अपना मुख भारत की ओर कर दिया। भारत के महान विद्वान चीन की यात्रा करने लगे। वहाँ भी ज्ञान का दीप जलाया। यहाँ तक की चीन के महान यात्री फाह्यान के गुरू भी एक भारतीय थे। यह तो एक उदाहरण मात्र है। वहाँ जितने भी विद्वान हुए उन सबके गुरु भारतीय थे। यही हाल विज्ञान और तकनीकी के देश जापान का था। वहाँ के लोगों को भी सोते हुए से जगाने वाला भारत ही था। वह कहते हैं कि– ''आज हमारे प्राचीन बौद्ध मंदिर, मठ में जो वास्तुकला नज़र आती है, वह भारतीयों की यात्रा की ही देन है।'' आज जापान तकनीकी के रथ पर सवार है, लेकिन अपने अतीत को याद कर बार–बार विश्वगुरू को नमन करता है। तिब्बत, म्यांमार, कोरिया, पहले ही भारत को गुरु की पुण्य भूमि मान चुके थे और इससे आगे सात समंदर पार से यात्री आने लगे, ज्ञान की चाह में। इधर इंडोनेशिया में खड़े पुराने खण्डहर हों या आज की खुदाई में निकलने वाली प्राचीन धरोहरें, इनकी जड़ें भारत की ओर ही इशारा करती हैं। आज का कंबोडिया प्राचीन भारत का कंबुज था, जहाँ के अंकोरवाट और बेयन के विशाल मंदिर अपने इतिहास की

गौरव गाथा कहते नहीं थकते। शासक भी भारतीय और वहाँ के निवासियों के नाम भी भारतीय। सोचिए, कैसा लगता है। देश के बाहर शासक, प्रजा, प्रथा, रिवाज सब कुछ भारतीय। एक प्राचीन देश जिसे आज थाईलैंड कहा जाता है, वह भारतवर्ष का स्याम था। वहाँ भी भारतीय पहुँचे। उन्हें अपनी सभ्यता, प्रथा, रिवाज और संस्कृति बताई। उन लोगों पर भारत का रंग ऐसा चढ़ा कि वहाँ के लोगों ने नगरों के नाम भी भारतीय नगरों के नाम पर रख लिए, जैसे अयोध्या और पितृलोक...। और अब 'साईलोक' भी बस गया। वहाँ के लोग 'साईलोक' को 'साईयोक' एवं 'अयोध्या' को 'अयुथ्या' कहते हैं। **''स्याम की अयोध्या'' अर्थात ''थाईलैंड में अयोध्या''? न यह श्याम की द्वारका थी, न राम की अयोध्या। हाँ लेकिन यह रामराज्य का विस्तार अवश्य था। एक तरह से देखा जाए तो वहाँ के निवासियों ने अपने हृदय में ही राम को बिठा लिया था, तो फिर वहाँ द्वारका या अयोध्या क्यों नहीं बसती? साई भी तो यही कहते हैं कि, ''जितना किसी मंदिर या मस्जिद की फर्श को घिसते हो उतना अपने हृदय को भी घिसों, मैं वहाँ भी बैठना चाहता हूँ। फिर तुम्हें बार–बार मंदिर या मस्जिद के लिए दौड़ना नहीं पड़ेगा''। ''आपका ईश्वर क्या कहता है?''**

सभ्यता के काल से शुरू हुआ यह सफ़र अपने अतीत पर इठला रहा था। चहुँओर भारत की ख्याति फैल रही थी। लेकिन धीरे–धीरे कुछ बुरी नज़रों ने इसे घेर लिया। कई सदियों से आक्रांताओं के आक्रमण के बाद एक छोर से अंग्रेजों का आगमन भी शुरू हो गया। कुछ सोते हुए से जाग गये, तो कुछ उनके साथ हो अपनों को सुलाने लगे। अठारहवीं सदी आते–आते हमें पता ही नहीं चला कि प्राचीन भारतवर्ष का गांधार कब अफगानिस्तान का कंधार बन चुका था। तो भूटान और नेपाल ने भी अपने को गुरू की पुण्यभूमि से अलग मान लिया।

आज जब 'कश्मीर से कन्याकुमारी तक भारत एक' का नारा दिया जाता है तो कुछ सदियों पहले यह सीमा नहीं थी। हिंदुकुश से ब्रह्मदेश तक भारत की भुजाएं फैली थी। जब विश्व के अधिकतर देशों में अंग्रेजों के प्रभाव का सिक्का चलने लगा, तब भारत के विस्तार का रथ थमने–सा लगा था। फिर अंग्रेजों से संघर्ष में बीते कई साल, दशक और सदियां। और कई सालों के संघर्ष के परिणामस्वरूप हमें मिला बंटवारा। जिसे हम आजादी कहते हैं। सबको आजादी मिली। मनमानी की, भ्रष्टाचार की, महंगाई की, हड़ताल की, आपस में लड़ने की, अपनी सीमा तोड़ने की, और हमें लिखने की।

जब 1947 का दौर शुरू हुआ तो बंटवारे की सुगबुगाहट पहले से ही शुरू हो गई थी। **कुछ लोग बांटने में लगे थे तो कुछ लोग जोड़ने में लगे थे। पहले उन्हें प्रणाम जो अपनी सीमा से बाहर गये। सरदार पटेल जैसे लोग, जिन्होंने पूरे देश को बताया, रियासतों को बताया और राज्यों को बताया कि, ''हम केवल एक राज्य नहीं, न केवल आपकी रियासत अपितु सारे राज्य मिलकर 'भारत संघ' बना है। यह भारत का नवनिर्माण है। कश्मीर से कन्याकुमारी तक 'भारत राज्यों का संघ' है''। और यही अवधारणा संविधान में भी परिभाषित हुई कि 'भारत राज्यों का संघ' है, अर्थात** 'S.A.I.' **है।**

''भारत देश के कितने नाम हैं''?–''आर्यावर्त, जंबुद्वीप, हिंदुस्तान, भारतवर्ष, इंडिया और S.A.I."।

यह अंतिम नाम कल्पना नहीं हक़ीक़त है। भारत में संघीय व्यवस्था है। संघीय व्यवस्था वाले देशों में संयुक्त राज्य अमेरिका (U.S.A.), संयुक्त अरब अमीरात (U.A.E.), कनाडा, आस्ट्रेलिया, रूस और 'भारत राज्य संघ' (S.A.I) है।

जैसे संविधान में अमेरिका को United States of America (U.S.A.) **कहा जाता है, वैसे ही भारत राज्य संघ को** States Association of India (S.A.I.) **कहा जाता है।**

यह व्यवस्था उन देशों के लिए अनिवार्य है जहाँ सभ्यता, संस्कृति, भाषा, धर्म, जीवनशैली आदि की दृष्टि से लोगों के जीवन में विविधता पाई जाती है। **और वैसे भी विभिन्न धर्म, सभ्यता, जाति, संस्कृति और भाषा वाले लोग साई के सामने आकर एक ही रंग में रंग जाते हैं, तो भारत संघ को** S.A.I. **कहना ही उपयुक्त होगा, क्योंकि 'साई' और** 'S.A.I.' **अपने नाम को सार्थक करते हैं।**

(हमनें यहाँ 'एसोसिएशन' शब्द का इस्तेमाल किया है, क्योंकि 'A' से तात्पर्य अनेकता में एकता, अखंड भारत और अपने आप में अद्वितीय है।)

साई कहते है कि–

''हिंदू, मुस्लिम, सिख, ईसाई एक सूरज की किरणें हैं,
जाट, मराठा, हिंदी, सिंधी एक नदियां के झरने है।''*

फिर भी साई का संदेश जन–जन तक नहीं पहुँच पाता या कोई सुनकर भी अनसुना करता है, या दूसरे कान का उपयोग करता है। जिसकी परिणति कभी दंगों या अलगाव के रूप में सामने आती है, और कभी–कभी तो भाषा के विवाद के रूप में, कि भारत को हिंदुस्तान कहें या इंडिया। लेकिन इसमें कुछ भी अंतर नहीं है। दरअसल यह 'इंडिया' शब्द भी हिंदी की ही देन है। हमारी सभ्यता का उदय सिंधु नदी के किनारे होने के कारण हम हिंदुस्तानी कहलाए। देश की भाषा हिंदी (Hindi), रहने वाले हिंदवासी (Hindian)। बाद में धीरे–धीरे भाषा

---

* भक्ति गीत.

की य़ात्रा और विस्तार के कारण "H" का विलोप हो गया और हम 'इंडियन' (Indian) हो गये। तथा सामने आया 'इंडिया' ('India')। **''याद है ना, यात्राएं बदलाव लातीं हैं। यात्राओं में कुछ नया मिलता है तो कुछ साथ छूट जाते हैं। इसी को यात्रा कहते हैं।''** यही इंडियन जब अपनी यात्रा पर निकले तो कहीं इंडोनेशिया बसाया तो कहीं रेड इंडियन कहलाए। गोरे अंग्रेजों की कालीनीति रंगभेद तथा भेदभाव **'फूट डालो और शासन करो'** के साथ पूरे देश में फैल गई। अंग्रेज चले गये, नीति दे गये। फिर भी हमारा सफ़र जारी है। कभी 'फैसलों' के समय, या जब स्थिति आती है कि मैं ''अपने ईश्वर को कहाँ बिठाऊं''? तब।

कभी–कभी जब सब ओर से बुराई की हवाऐं चलती है और अच्छाई कहीं नज़र नहीं आती, या दबा दी जाती है, या उसे 'हाईलाईट' नहीं किया जाता। कुछ समय पहले जब पलायन की अफवाह सब ओर बह रही थी तब किसी का ध्यान ही नहीं गया कि देश में एक जगह सुकून भरी ठंडी बयार भी बह रही थी। बात हो रही है उत्तराखंड के जोशीमठ की। जब ईदगाह में नमाज के लिए जगह नहीं थी, तब वह गुरुद्वारे में अदा की गई। और कुछ दो, पाँच, पचास लोग नहीं पूरे आठ सौ लोग थे। सामने गुरूनानक साहेब और दिल में कोई दूसरा ? सामने सजदा करने से अंदर का ईश्वर तो नहीं बदल जाएगा ? क्या फ़र्क पड़ता है मानवता तो बची रह जाएगी। यह वह लोग थे जो अपने ईश्वर को कण–कण में मानते हैं, न कि सिर्फ़ चहारदीवारी में। जिसकी सत्ता अनंत है वह सीमाओं से परे है और जो सीमाओं से परे हैं, अनंत है, उसे हर पल, हर जगह, महसूस करो। ''और अनुभव करना हो तो''? **यह बात हम एक बार फिर दोहराते हैं कि एक रास्ता है जो उस तक जाता है। जहाँ सभी मिल जाते हैं हिंदू, मुस्लिम, सिख, ईसाई। वहाँ न ऊँच–नीच, न भेदभाव।**

दुनिया में सबसे ख़ूबसूरत है वो,
जन्नत से दस क़दम आगे है वो।

जहाँ भूले हुए रास्ते पर आ जाते हैं,
और दुनिया वाले खुद को भूल जाते हैं।
यह कोई तीसरी दुनिया के किस्से कहानी नहीं हैं,

यह S.A.I. (States Association of India) का शिरडीधाम है।

एक बार जब 'फैसले' का समय आया तो किसी ने कहा, ''फैसला मंगलवार को आना चाहिए''। किसी ने कहा, ''नहीं। जुम्मे को आना चाहिए।'' लेकिन फैसला आया 'साईवार' को। न ईधर, न उधर। समतोल।

हारा जो वो भी जीता।
जीता जो वो भी हारा।।*

अधिकतर लोग कहते मिल जाते हैं कि, ''हम देश सेवा के लिए सीमा पर भी जा सकते हैं''। **क्या देश सेवा का मतलब सीमा, झण्डा और सेना ही होती है? और वहाँ के लोग कुछ नहीं।** और बात बार्डर की है तो हमने समाज में बार्डर क्यों बना ली। क्या आपस में हम एक दूसरे को जोड़ पाये हैं? क्या हमारी कोई जिम्मेदारी नहीं है? क्या यह सच नहीं है कि हमने भी एक आवरण ओढ़ रखा है कि मैं तो आम आदमी हूँ, मैं यह काम क्यों करूं? यह मेरा काम नहीं है। एक बार 15 अगस्त को जब पूरे शहर में स्वतंत्रता दिवस की तैयारी चल रही थी, तो कहीं रैली, यात्राओं और सभाओं का दौर भी जारी था। महीना सावन का था, इसलिए कावड़ यात्राएं भी शुरू हो चुकी थी। और हम भी अपनी यात्रा पर थे। थोड़ा आगे जाते हुए शहर के मेनरोड़ पर एक व्यक्ति पड़ा हुआ था, मैले–कुचैले कपड़े। शायद वह नशे में या बेहोश था। कितने वाहन, कितने यात्री गुज़र गये। न

* भक्ति गीत.

तो धर्मयात्रियों ने उसे उठाया और न ही कथित देशप्रेमियों ने उसे हटाने की हिम्मत दिखाई। हमने उसे उठाने की कोशिश की तो किसी ने कहा,– ''वह नशे में है, नींद में है।'' मैंने उसे हटाकर वहाँ कुछ पत्थर रख दिये। एक सज्जन ने कहा,–''यह क्या कर रहे हो। पत्थर क्यों रखा? दुर्घटना हो सकती है, हादसे हो सकते हैं।''

''सही कहा। लेकिन उसे पत्थर समझ कर ही हटा देते। उसके सड़क पर पड़े रहने से भी तो दुर्घटना हो सकती है।'' शायद वह नशे में हो। लेकिन नशे में कौन नहीं है ? सड़क पर पड़े पत्थर के हादसों से बचा जा सकता है, लेकिन जो हमारे दिल पर पत्थर रखा हुआ है, जिसने हमारे दिल को भी पत्थर बना दिया है, उससे होने वाले हादसों से कैसे बचा जाए। यह कैसी यात्राएं हैं? संवेदन शून्य। न मानवता, न प्रेम, न करूणा...। किसी ने सच कहा है–

''बहुत आसान है पहचान इसकी।
अगर दुखता नहीं तो दिल नहीं।।*

पत्थर है ना? ज़रूरत है दिल पर रखे पत्थर को हटाने की। जिससे प्रेम के प्रतीक दिल की दिव्यता बनी रहे। इक्कीसवीं सदी में हम आगे भी बढ़ रहे हैं और समस्या भी है। भ्रष्टाचार, बेरोज़गारी और महंगाई...।

*लावा

एक बार हम एक नदी में नाव से यात्रा पर निकले। कुछ आगे बढ़ते हुए देखा नाव में 'छेद' है। पानी भर रहा है। नाविक एक हाथ से पतवार चलाता और एक हाथ से पानी बाहर उलेचता, लोटे से। 'छेद' हमें भी दिख रहा था, हमने उससे कहा,–''क्यों भाई, पानी बार–बार बाहर फेंक रहे हो, वह 'छेद' बंद क्यों नहीं कर देते''। उसने हमारी ओर देखकर मासूमियत से कहा,–''साहब, मुझे 'लाईफ जैकेट' भी बेचना है।'' यह हमारी मजबूरी है कि हमें उसी नाव से यात्रा करनी पड़ रही है। और नाविक आएंगे, नाव में छेद का डर बताकर 'लाईफ जैकेट' भी बेच देंगे। लेकिन हम वह छेद बंद करने की तकलीफ नहीं उठाते। हमें हमारे हक मालूम है। अधिकार पता है, लेकिन कर्त्तव्य और जिम्मेदारी याद नहीं। **समस्या और भी है, समाधान भी है। संघर्ष भी है और रास्ते भी। और रास्ते में कांटे भी। फिर भी यात्रा जारी है...।**

क्योंकि जो रूक जाते तो यह नाम 'सफ़र' न होता, छाया भी हो सकता था। जो दिखते ही किसी साधक को आकर्षित कर अपने पास बिठा लेती है। जहाँ से मन में अलग–अलग तरह के ख़्याल आने लगते हैं। रूकने, रास्ता बदलने या लौटने के, कि बस। साई सफ़र और नहीं। कि इस कांटो भरे रास्ते से तो यह छाया भली। **लेकिन यह तो यात्रा है, और यात्रा कभी भी मंजिल पर पहुँचे बिना नहीं रूकती। यात्रा अनवरत जारी है। प्रचार जारी है।**

अविरल अविराम,

साई सफ़र जारी है....।

शिर्डी का एक फकीर देता साँई का संदेश
जात - पात के झगड़े छोड़ो सबका मालिक एक
साँई भक्ति
राष्ट्र शक्ति

लेखक एवं संपादक :

सतीश मोदी

बिजनेसमेन एवं 'यात्री'

शिक्षा : बी.एस.सी.

निवास : इन्दौर

Email : 1838saisafar@gmail.com

(आलोचको एवं विश्लेषको का ई-मेल पर स्वागत है।)